温小牛 ● 著

回望老庄

『新实力』中国当代散文名家书系

河北出版传媒集团
花山文艺出版社

图书在版编目（CIP）数据

回望老庄/温小牛著.—石家庄 ： 花山文艺出版社,2016.4（2021.5重印）
ISBN 978-7-5511-2784-4
Ⅰ.①回… Ⅱ.①温… Ⅲ.①散文集－中国－当代 Ⅳ.①I267
中国版本图书馆CIP数据核字(2016)第068077号

书　　名：回望老庄
著　　者：温小牛

责任编辑：梁东方　韩　松
责任校对：杨丽英
美术编辑：胡彤亮
出版发行：花山文艺出版社（邮政编码：050061）
（河北省石家庄市友谊北大街330号）
销售热线：0311-88643221/29/31/32/26
传　　真：0311-88643225
印　　刷：三河市华东印刷有限公司
经　　销：新华书店
开　　本：650×940　1/16
印　　张：13
字　　数：190千字
版　　次：2017年1月第1版
2021年5月第3次印刷
书　　号：ISBN 978-7-5511-2784-4
定　　价：40.00元

◆◇◆目录◆◇◆

老　庄

老庄，离我越来越遥远。

我，摸不着去往老庄的路。

华灯初照，放眼望去，我被流光溢彩包裹着。我在极目巡视四周，看不到一丝老庄的影子。我焦虑地抬起头，猛然间一点儿星光，仅仅一丁点儿，向我泛着微光。它是慈祥的，我是惊喜的。是的，太熟悉了，它定然认得我。那是我老庄的一颗星。当它不停地眨着眼睛，离我而去的瞬间，我再也看不见四周的光亮。

高楼林立，望眼左右，我被川流不息的车辆阻隔着。我在极力分辨南北，却找不到一条老庄的路径。我恐慌地站着，不敢移动半步。我不能前行，又不敢伸腰，只好猫着腰，瞪大眼睛瞅着。

我从窗外望去，这里的世界不是老庄。它是水泥裹着钢筋垒起的，高处太悬，低处压抑，不似老庄平和地躺着，头顶青天，脚踏实地，而是把人和屋一个一个摞起来，跟老庄摞玉米棒子一样。那次第放亮的楼窗，居室压着居室，被世事挤扁的男男女女一层压一层，像一大笼憋气的馒头，正在发酵，不断地膨胀。

有段时间，很想去看河，我想有河就能见到老庄。但我没能悠闲地背起双手，信步从山坡下去到河岸。我看车牌、看站牌、下地道、上台阶、跑斑马线、闯红绿灯、辨方位、过通道，像一只寻食的鼠钻出钻进、蹿来蹿去。那太阳也不从老庄的东山梁升起，挂在硕高的楼隙间，它给我指不了方向。

折腾了不知多少时辰，我总算看到了一条河。但眼前的河也被水泥大堤拘束着，两边是来往奔驰的车潮。我被车震得头晕目眩，而河也全无一点儿灵气。河被跑疯的汽车呼出的气、放出的屁弥漫着，没有浸满阳光的泥土气息，也没有哗哗的笑声，更没有鸟凫水的景观，甚至连一根蒹草的影子也没看见。这不是老庄的河。

有段时间，很想去看山，我想有山的地方会有老庄。我去了，没见一只啃草的羊，一头耕地的牛，一个割草的人。一山的闲人，上山下山的道上塞得很满。我看到一座庙，很大。我想应该是老庄的山神庙。我想烧一炷香，跟山神说句话。可是，我被熙熙攘攘的人裹着，竟然忘记了要说什么。而且，庙很多，神也很多，都只管收费，不管事情。我不知该给哪位说。我知道，这山名气太大，全不是我要的风景，更不是老庄的大山梁。

我终于没找到去往老庄的路。

我行走在街头听不到乡音，走进菜市场却看到了亲切的色彩，红的辣椒，绿的韭菜、黄瓜，紫菜，白萝卜，但当听见一声吆喝，连这些瓜果蔬菜也一样的陌生。那声音不是老庄发出的，连那看似光鲜的瓜果，更嚼不出半点老庄的味道。

有一天，看见一棵树，树上有一笼喜鹊窝：我兴奋地差点喊出声来，我的老庄原来就在眼前。我目视鸟巢良久。但当那窝中飞出的一只喜鹊，瞅着我叫了一声后，我的兴致荡然无存。那声音不是老庄大核桃树上的叫声，真的很难听。

有一阵，刮来一通风，风很大很猛，刮得我闭气。但感觉依然诧异，没有林海松涛，没有挂上树梢，没有掠过麦田和玉米地，全然没有黄土高坡大风刮过的一丝快意。我于是十分讨厌这风。

一天傍晚，我走过一个公园，猛然间一阵久违而又倍觉亲切的老庄味扑鼻而来，沁我肺腑。那时，天尚未暗，我看那味飘来的方向有一堆树叶在燃烧，火不大，烟不浓，若隐若现，袅袅升起。尽管它让我暂时忘却雾霾的味道，嗅到老庄黄昏烧炕做饭的炊烟味，但随着火的熄灭，烟的消失，瞬间而来的老庄味道，早已擦过鼻翼。我于是很沮丧。

一段时间，我决意找寻去往老庄的路。

我从老死不相往来，毗邻一墙之隔，门门两相照面，但却形同陌路的楼房挣脱出来，挤进囚笼般的电梯，挤上公交车，瞅着坐着站着大都玩着各自手机，而又旁若无人的过客，又如是在地铁里像鼠一样爬出来，去寻通往老庄的路。

我在一个叫阜成门的地方，看到一条长长的土坡，土坡高出来往的车辆，有一段似乎高出了周边的楼房。土坡上有刺槐，长得不是很粗，但却很率真，是老庄自然而天成的形态，不像被人为地整过容。动我心魂的，是树的色彩，土的色彩，落叶的姿态，莎草的本色。霎时间，满头满脑轰隆隆的城市噪音戛然而止。我的心异常安宁，一缕阳光掠过树梢，一带土坡顿生美意。林子里谁做了一幅雕像，一个汉子坐在石头上悠然吸着旱烟，烟锅上吊着烟荷包，褂衫敞开，脚上是沾满泥巴的方口布鞋。他的身边是一竹筐煤块。这是一位从山西过来的煤客，他正在等着买主。我看他时，他似乎朝我笑着说话。我知道他是老庄来的，是在县门上等待卖柴卖炭的老庄人。看他的神态比我在车上见的、路上见的、出门见的人偶们有魂，那全是呆若木鸡的异物。我惊呼，魂牵梦绕的老庄，我来到了你的怀抱！

我在一个叫打磨店的胡同，看到一座连一座的四合院。看样子这地方要拆除。我看见，胡同里有坐在屋檐下晒太阳的老人，有围着石桌喝茶聊天的男女，有骑自行车叫卖的小贩，也有睡觉的猫、闲溜的狗，还有几笼鸟。动我七魄的，是木大门边的小石磨。我在石磨前注视，蹲下身子，小心地抚摸着石磨，抚摸着石磨盘上岁月碾过无数次的槽痕。我沉思，魂牵梦绕的老庄，我是否寻到了回家的路?

我，的确摸不着去往老庄的路。

老庄，的确离我越来越遥远。

老　泉

老泉，是一庄生灵的根。

老泉，在额头洼根底下。

额头洼很高，很悬，是兀出的老寿星额头，要塌下来一般。

老泉被挤压在堆满皱纹的额头洼山包下，几个青石磨盘覆盖着。青石磨盘上面长满了蓑草，下面一字排开四眼泉水。远远看去，老泉像寿星爷眯缝着的眼，深邃而老道。泉口用光滑的黑石砌成。泉水清澈见底。泉底是挤得紧紧的大小不等的五色石块，石缝间可见小鱼和虾米在闪光的细沙里游荡。泉口处是大板石砌成的平台。

老泉前面是渗出的积水聚成的涝坝。涝坝四周和几条通往老泉的小路边长满了垂柳、杨树、榆树、楸树、桃树和杏树，也有几棵老核桃树。路边种着几畦韭菜、萝卜、白菜、旱烟，畦埂上用木棍和酸刺扎成篱笆，篱笆上开着粉红的绊碗花和红色白色的旗叶花。

老泉在清晨是紧张的。早起的老庄人用扁担挑着木桶来老泉担水，往往是你前脚闪着走，他后脚跟着来。男人女人们蹲在石板台上，用木马勺一勺一勺地把老泉的清水舀满自家的水桶。勤快的媳妇往往会给自己尊敬的长辈，或是要好的邻里舀上水。这个时候，接踵而来的男男女女，或是互相说着昨天、今天、明天的农活儿，或是议论着听到的某个稀奇事、一句怪话，或是说道着昨晚的一个梦、一声怪叫。不过，对话是简单的，说事是简约的，他们决不会在这个时辰多耽搁时间。

老泉在黄昏是疲乏的。忙了一天的农庄人拖着疲倦的脚步来老泉担水，大都不声不响。有的自捶着腰背，有的打着哈欠，没精打采地等待着。

从山上下来的牛羊，从地里回来的骡马，围着涝坝，伸长脖子，吸饮着从老泉流出的水。只听到“咕咚咕咚”的喝水声和牲畜的换气声。

渐渐地，明月从额头洼边露出，清辉从树隙间散向涝坝。

青蛙虫子此起彼伏，叫个不停。老泉似乎闭上眼睛在聆听，在思索，或许它已经睡了。

雨过天晴的时节，老泉是热闹的。泉台上挤满了洗衣洗菜的女人，涝坝边奔跑着嬉耍的小娃娃。

女人们一边洗一边嬉笑着，叽叽喳喳，如同树上的鸟儿七嘴八舌，说个不停。她们用捋来的灰菜叶作洗洁剂，夹在衣服中间用力地搓，搓得绿汁狼藉。洗净的衣服晾在老泉周围的草坡上，挂在菜园的栅栏上，挑在附近的树枝上。

小娃娃们或是在涝坝里捉着漂在水面，跑得很快的叫做“买糖老汉”的虫子；或是用泥巴垒着长城；或是追逐着捕捉蝴蝶，采摘野花；或是用柳条编成凉帽嬉耍。

有些时候，顽皮的娃娃们打起架来，往往会引起女人们之间争嘴斗角。试想，有哪个女人会让自己心爱的宝贝娃受欺负，又有哪家女人不盼望自家的孩子健壮呢？

深秋的老泉是繁忙的。老庄人要在秋收的繁忙季节赶着压上一冬的麻菜、酸菜和泡菜。这个时节，全家人都在忙活，在家里拣菜、切菜、汉菜，在老泉洗菜、淘菜。老庄人把经过精心洗淘的菜，从老泉担回去，用各种佐料，装在大缸或瓷罐子里面，上面压上洗过的石头，备作一冬的食品。

老泉，是一庄老小离不开的生命之源，是世世代代不间断的传世之根。据说，先人在额头洼下开辟房院，挖出了很旺的泉水。还说，老泉的源在大山豁落。月光下，有人看见有一匹天马，或是一匹金马驹闻到了天上喝不到的老泉水，多次出没于大山豁落的沟洼。

老泉的水是甘甜可口的，是清爽醇美的，更如一坛好酒，飘着香味。这香味，天马可以在九霄云外闻到，神驹可以在飘渺的仙境听到，老庄人更可以在梦境里梦到。

老　槐

夹道槐花满路香，浓浓翠叶朵朵黄。

含真抱朴淑姿展，碧烟青荫密影长。

——这是老槐。

老槐是一道显眼的风景。

老槐在老庄的中央挺立着。

老槐枝繁叶茂。巨大的树冠罩着几个老庄院落，伸展开来的层层树枝，一个一个远比老庄村头几十年的新槐粗。春夏时节生而长大的树叶密不透风。偶尔，掠过一丝凉爽的风，树上的叶子婆娑作响，树下的阳光洒满一地。下了一阵不大的雨，四周地上湿漉漉的，老槐树下却仍是一片的白黄。

老槐的树干太粗。那干三四个人手拉手也难以相牵。干上的皮灰褐色，纵裂纹，有的地方凸起如浮雕，有的地方裸露着树骨，有的地方是深可入童的洞。那洞，也有些年月。老庄谁家的顽童找不见，定是耍乏了，睡着了，睡在树洞了。

老槐的根很深。那老根深深地扎进老庄的脚地，仅地面以上的根就有一人高。这些弯弯曲曲、相互穿压的根似一条或几条蟠龙蜷曲着，一些根隙小孩能钻出钻进。根上经常坐着戴了蚂蚱腿、茶色镜的老汉，衔着青铜蝙蝠旱烟锅的老汉，留着民国背发的说古今老汉，以及敞开大襟衫寻虱子、搓胸垢的老汉，满嘴皮上沾满麻籽皮的嗑麻籽老汉，也有拧麻绳的碎脚老太、纳鞋底的大脚女人，还有捻毛线的大汉，喂奶子的媳妇，织毛衣的假婆娘，滚了一身泥土的瓜子，鼻带眼屎糊得面目全非的傻呆……根的周围是光着屁股的绣头胖娃、扎着辫子的水灵女娃，总有十来个。根上拴着老牛、叫驴、骟马、骡子和奶羊，它们的腿下是啄食的鸡、拱土的猪、闲游的狗和睡觉的猫。

多些时日，他们各干各的，看上去很悠闲。有些时候，来一个诧人，或是一辆车，所有的目光便集中起来，定格的功夫，便是一幅群雕。

早年，这地方叫牙茬骨台，是议论人事，谝传逛闲的地方；又叫放风台，是发布村规民约，大事小情的圈子。生产队的一天，从点卯到发令，从派活到收工，往往从这里开始。所以，邻近老槐的人家，不论男女老少，一日三餐，也都端着自家的饭碗往槐树下凑。谁家娶儿媳，经过老槐下，总要在树根上贴张大红纸，人死了送丧经过大树下，也要在树根前焚香烧奠，鸣放鞭炮。就连大人、娃娃有病，也要提着衣服到老槐前一声接一声地叫魂，直叫到病人躺着的炕上。

于是，老槐老成了神。

老槐很倔强。在发白的炎阳直射下，显得十足的精神；在怒号的寒风催动下，显得十足的顽强。抗风耐寒，耐晒耐旱，多么恶劣的气候和环境对老槐都安若无事。即就是被雷电劈过的枝杈，烧焦的枯枝上依然会抽出枝条，长出嫩芽，夏末，紫红的小花一堆一堆在绿叶间绽放。

老槐之于老庄绝非大树乘凉。老槐是老庄人取之不尽，用之不竭的宝树。槐叶摘下，老庄人用来泻火，燥湿杀虫，凡痔疮、湿疹、尿血、肿痛均可治愈；槐枝熬了，老庄人用来散瘀止血，治妇人崩漏；

槐根汤可驱除蛔虫；槐籽角可清肝明目；就是槐花也被老庄人用作染料，浆染褐布，鲜亮光景。

当槐花盛开的季节，老庄满是一团香味。此时的老槐上总有几窝蜜蜂忙忙碌碌，不计其利地欢度着今生的光阴。有的时候，连偶尔滴下的树露都是甜蜜的。

人生一世，总会有劫难降临。那些饥饿的岁月，老槐的果、花、茎、叶吃光了，甚至连皮都剥光了。老庄人白天黑夜常听到老槐树梢饿死鬼的哀嚎。老槐搭救了老庄多少代多少人，一如菩萨行善一般，难以准确核实。倘若老槐记忆未减，它是应该有一本账啊！

问我老家在何处，山西洪洞大槐树。

相传早年移民，许多人从山西大槐树下失魂落魄、背井离乡一路走来，心中惦念着大槐树。因而，老庄人把老槐也叫家槐，或家树。

冬天，老槐褪去了绿装，但挂满褐色叶片的枝枝杈杈依然怒放着。冬天是肃杀而萧条的，但老槐并不寂寞。四山八洼的残枝败叶被喜鹊和乌鸦不厌其烦地衔来，在老槐上筑了八九个巢。黄昏时分，一群一群的鸟飞来飞去，叫得好不热闹。一夜的大雪，寂静的老庄往往自老槐开始苏醒。老槐的另类伙伴又在为生存呼叫着，开始了新的一天。

老槐，像老庄，送走了一辈一辈的老人，迎来了一茬一茬的新人。

老槐，像老院，迎来了一个一个新的生命，送走一个一个老去的生命。

而今，尽管老庄现世的大半人家去了平川的新村，但老庄人的梦里依然把老槐作为自己的家园。外出的游子，嫁出的女子，老槐依然是他们魂牵梦绕的故园。

因为，老槐寄宿了老庄人的魂！

老　院

老院，在老泉下面叫做水坑子的地方，有四个连着的庭院。

一个砌满落脚石的小巷，两两对称的院落，分别是大太爷、二太爷、三太爷和八太太、九太爷占着。四太爷住在隔沟对面叫那坡子的地方。

这地盘是八十太爷早年开辟的。大太爷是四房份掌柜的，他和二太爷、三太爷、四太爷弟兄四个一母同胞，没有分家。

大太爷平日很少过问家事，也不干农活，但全家一年几十口人的花销全靠着他。他是个行商的脚户，常年和老庄几个要好结伴而行，在当地收购些大麻、麻鞋之类的山货，择日或翻关山去陕西，或是下四川卖掉，再驮些食盐、土布等货品回来变卖，弄几个小钱。那时节，尽管老院人口众多，但全家花费开支不大。大太爷不多攒钱，自己也抽几口大烟，所以，往往是快到缺钱的时候才出去一趟。其余的时间便是会朋友，闲转悠。

当然，大太爷当脚户走南闯北也很不易。关山沟里的土匪谋财害命的事常见，所以，就有“三十晚上算一账，人在本钱在”的说法，这可能是大太爷不肯多挣钱的一个由头。也是，钱财是催命的鬼，挣多少够？够花就行。

二太爷是管河对面张家湾山庄农事的。下种了，驮着种子，带着子侄们去下种。收割后，驮着粮食和柴草，带着骡马和牛羊一并下山，返回老院。

三太爷是老庄的农头，也是名符其实的掌家人。老院的大、小事务多要靠他料理。

四太爷还在私塾念书。他一边念书，一边记着老院的经济账目。管钱的是八十太太。她老人家才是老院的最高决策者和拿事人。遇上大事难事，几个太爷还得听她的话。

四个太太们每人轮流当值。当值一月，主要是一家人的三顿饭，和照料没长大的娃娃。其余人等，每天由三太爷派着下地干活。老院众人年复一年，谁也闲不住。就是天阴下雨，上不了地，也在屋里干活。男人们修理农具，纺线织口袋，或是剥麻皮；女人们拆拆洗洗，翻腾着自家的针线笸箩。

老院的先人是贫困的，人丁也不很兴旺。自从八十太太到了老院，典当了嫁妆，养了一匹大白母马，加上开辟了老院这块风水宝地，才开始旺起来。后来，老院的主人们自己开荒地，从旁人手里买地，地多了，人旺了，家道也好过了。甚而，除了农忙时雇几个短工外，还有了一两个住院的长工小使。

大太爷的院子是四合院。房子虽然简朴，但上房是四栏门、通板窗，门面一色用木板装了，窗台下是用大方砖平铺的。中堂是八里铺太平寺老和尚绘的工笔弥勒佛像，两边鼎炉篆字，对联为“福向俭中求，德从宽处积”。中堂下面是吊桌，吊桌前面是八仙方桌，方桌两边各放一把太师椅。这些家具，连同精致的大门箱，据说是大太爷请四川匠人做的。

老院，真是个好地方，不到三四辈人几十年的光景，竟然有百十号的子孙儿女。老院的后辈分家又分家，各自奔前程，在老庄已有二三十个独立的院落。日子一天天好过了，老院像鸟窝，一窝一窝的鸟儿飞走后，也早已剩原先四座院落遗址轮廓而已。而且，长满了蒿草和杂树。

老 坟

老坟，埋葬着逝去的先人。

老坟，是大太爷选的。大太爷虽不是二贤庄上的单雄信，但平日里好结交。东来的朋友，西来的故友，甚至闲游闲逛的人在老院住两三月是寻常事。某日，来了位川蜀的生病者。大太爷把来者留宿老院，吃住了几个月。来者病愈，感激收留之恩，只说无以回报。但来者给老院干了一件大事。老者说，他会看坟，给大太爷看个风水好的坟地吧。于是，大太爷和来者在川里山上转了几遍，相中了雪坪里。

民国二十三年八月二十四日，八十太爷克敬公仙逝。八十太爷病危前，大太爷按照川蜀游者的指点，请来暖和湾的任老先生，县里的儒学正堂兰山解元张锦芳张老先生，并老庄的老风水先生立了老坟，修了家谱，也办了八十太爷的葬事。

先是打了龙单。谨卜甲山庚向茔兆龙单如下：

旧茔在庄左楸树坟。因祖茔已满，故卜吉地于雪坪里。每遇地师，莫不证之，但龙远难以尽述。少祖行龙巽巳宫，起伏曲屈，盘转行至□结，土体入首，形象肥满，点穴土腹藏金宜乎。吉人自有天相，福人应得福地，诚哉！去岁夏六月，府君病笃，因命余与族孙棣同往视之。审来龙之秀丽，察水之口曲折，左水倒右，由辛戌而出。立甲山庚向，兼卯酉。庚寅庚申分坐心三度，向毕三度，课宜亥卯未，及甲子辰局吉。择定六月二十日方莹立券。于八月二十四府君仙逝，遂选九月二十三日甲戌合天地同流格局，山龙化命孝命无一不美，遂葬焉。

老坟所立之时，风水老先生赠诗一首：

闻说牛眠地可嘉，熟知嘉地属君家。
曲水护龙龙护水，真煞依穴穴依煞。
面前秀岭居丹诰，座后层峦飞白麻。
果然造化发福远。奕世簪缨子孙佳。

老先生还嘱咐大太爷：“兆龙单示之，余才疏学浅，不能文词，因最重者开列数则，以便后葬选择，方知分金坐度，扶龙补山，庶免刑冲克泄之误耳。”

依照龙单所示及八十太爷父子生辰八字，八十太爷八月二十四日逝世，九月二十三日葬于老坟，竟然在老院置放了二十九天，为的是等待甲戌这个良辰吉日。那时节是秋收大忙之季，老院人等每日早、中、晚在上房给八十太爷焚香烧纸，人们出出进进，但农活依然没有耽误。

八十太爷壬申相，生于大清同治十一年十一月二十四日，卒于中华民国二十三年八月二十四日，享年六十有二。生有四子一女。八十太爷的丧事是隆重的，这是老庄的一件大事。全庄人并一干孝子孝孙把老人家隆重地埋葬在他相伴一生的黄土之中，埋葬在“犀牛望月”的风水宝地——老坟。

民国二十四年二月十五日，是大太爷精心选择的一个好日子。这天，老院备了酒席，请来了张解元、任老先生，老风水自然不能少，还请了柳湾的老先生张老爷。他们沐浴焚香，慎重地援修了新的家谱。

这个新版家谱，自然是从雪坪里的老坟写起。

老院的上房被木炭火烤得暖烘烘的。画桌上供着八十太爷及他的先祖神祇。八十太爷的灵位被燃起的香火和蜡烛映照得忽明忽暗。暖烘烘的土炕上，老先生就着光亮的枣木炕桌，提笔勾神点祇。老者们围着火盆，炖着罐罐茶，抽着老旱烟，喝着小烧酒，回味着老院以往的岁月，想象着老院的来日。家谱修成，供于画桌之上。解元公趁着酒兴，提笔作诗二首：

其一曰：

脉衍清河世泽长，仙图次第姓名香。
犀燃雅望于今重，鹏举高风自昔扬。
南国干城昭祖武，西昆体制著前光。
邽山俊毓多名族，咸仰德星聚一堂。

其二曰：

清风素业代留贻，世德相承笃本支。
堂上瑶图传奕叶，庭前玉树茁松枝。
三人乡相原非偶，二美文章更见奇。
积厚应知流自远，长同天水发天池。

教书先生张老师傅亦相和诗二首：

一曰：

源远流泽应自长，千秋事业继书香。
兰芳桂秀恒钟毓，藻耀芹芬渐显扬。
振铎鸿名曾晋美，燃犀骏烈倍增光。
传家孝友兼耕读，厚德积成五福堂。

二曰：

先君燕翼善谋贻，一脉相传著派支。
被泽紫荆荣奕叶，盈阶丹桂发芳枝。
图成伫见祖宗绩，谱就行观今古奇。
预贺他年垂白士，凤毛济美凤凰池。

姗姗来迟的方圭纪琮老先生，情不自禁地拈须吟道：

瓜瓞绵绵福泽长，乃田积厚流之光。
兰桂联芳竞争茂，预卜他年百世昌。

大太爷目不识丁，不知诗意如何，但总是心中欢喜。凭他的见识和豪爽，也凭他的美好德行，他信“财帛出于门，人才出于坟”，他相信雪坪老坟定然会出些人物。他的耕读第一定会变成书香门第。他预感到眼前的老院日子会红火起来，他的子孙会一个一个地出来，光耀四世同堂的门庭。

老坟果然有脉气，大太爷生有一子，二太爷生有二子，三太爷生有三子，四太爷生有四子。老院男男女女、人丁兴旺，老庄人都羡慕老坟。

但老坟是不幸的，后辈也怕是忘了风水老先生的嘱咐。1959年正月初七，八十太太八十二岁亡故；1960年二月十二日，二太爷五十四岁亡故；三月初九日，二太爷长子三十二岁亡故；五月二十三日，大太爷五十九岁亡故；六月初七日，大太爷独子四十二岁亡故。八十太太丁丑相，生于大清光绪三年七月初四。八十太太的过世是一个不好的兆头，翻过年四个子孙相继亡故。这是一个不是天灾的灾年，他们在人世间善良得吃不上饭，硬是饥肠贴着肚皮去了老坟。暂且活着的，连打坟的力气也没有，便草草地将他们掩埋。

谁还能记得老先生当年“扶龙补山”的嘱咐呢?

一块风水宝地，连着开出五个墓穴，后人们说这一下伤了老坟的脉气。于是，儿孙们谁家有个头疼脑热的，或是生不出儿子的，总爱听阴阳的话，胡乱在老坟烧符念咒。老坟的松柏，也由着子孙栽了砍，砍了栽。破“四旧”，老庄各家各户先人的坟头都被挖平，有的连先人的骨头都挖了出来。老坟得以幸存，原因是给生产队干事的二太爷的二儿子在坟院上种了饲草。铲了草，挖了坟，队里的牲口就没吃的。

每年正月初三和清明节，老院的长辈便会领着八十太爷的子子孙孙上坟，祭奠亡去的先人。由于户多人众，所以先人们立下规矩，由四方份各户轮流任主祭。这样，供奉先人的神祇、家谱便在合族以内各户轮流停放。

老坟，是先人的寄居之处，是后人的怀念之地。坟头上，那些年复一年，春荣秋枯的草，像庄稼人一代一代繁衍生息的过程，尽管经历着生存的艰难，但生命是永恒的。

老　堡

老堡，在额头洼边上。

老堡高峻挺拔，三面是很深的沟。东面是宽阔的高原平地，沿堡墙根挖开了很宽很深的堡壕，挖出的土夯了堡墙。

老堡墙呈长方形，堡墙很厚，从底部向上略有坡度。东西南北四角各有炮台。西南角开有堡门，堡门沿额头洼南面的绝壁只有一条通向老泉的、很陡的羊肠小道。堡内约有五六亩的大小，也修了简易的、可供人畜留住的房子，内墙根掏了不多的小窑洞，也可供人居住。墙里四面都有登上堡墙头的台阶，台阶用石头砌成。堡墙上有垛口。

早年，夯筑这样一个山堡，绝非易事。对一个男女老少仅有百十来口的小庄来说，比秦始皇筑长城还要艰难。那土要一背篼一背篼地背，那基石要从远在二三里的大河中一块一块地背上山。干粮化作力气，力气用尽是汗水。老堡简直就是用一块块馍馍垒起的，是用一滴滴汗水浇铸的。

为了老堡，老庄人把许多好川地卖给了河对面的富汉杨家。为了老堡，富汉把杨家大院盖在了老庄。苦了一庄老小几年，老堡终究筑成，这是老庄几辈人的重大事件。

老堡何用？老年人讲是跑贼躲匪，保命保财的。命，是人人都有的，只是财，仅有三五家地主和商贩稍多些。大多数贫苦人家日子过得几乎赤身一条。

老堡筑成，大清跑白朗，民国防孔贼，躲四十九师常用。老庄人胆小，每有匪警，老老少少便会像老鼠听到猫儿叫，拼了命地顺着老泉通往老堡的路上，爬往老堡里逃命。钻进老堡，男男女女都咧着大口，喘着粗气。年壮的猫腰从垛口向山下张望；老阴阳念咒掐诀，召唤六丁六甲，天兵天将下凡降匪；灵验的占卜者掐指推算吉凶；信佛的老婆子双手合掌，口念弥陀，求佛保佑。壮男人顶着堡门，老人照看着牲口，女人们抱着娃娃，大伙都盼着早早地躲过一劫，早早地回到老堡下的屋院。多些时候，一场虚惊，老庄总是逃过了劫匪，也没听说过攻打老堡的逸事。

但是，老庄平日里死于非命的也不在少数。拉壮丁出去杳无音信的，定是吃了枪子儿；贼匪逼着领路的老汉踩了响雷，被炸得血肉横飞，胳膊、小腿和一只烂麻鞋挂在树上几天没人敢动。关山沟里被土匪抢去脚户骡驴，剥光衣服的事有，活生生被打死的也有。不过，这些命不好的多少年走一两个。某年正月，老庄唱戏，一股旋风起自戏场，将一个少年的帽子卷着，一直旋到了老堡，少年也追到老堡。过了几月，这少年不知因何故吊死在老堡壕边的树杈上。从此，黑老鸦叫了几天，传说夜间有冤鬼长长的尖叫声。

20世纪中期，老堡作为“两派”的抢占阵地，乡亲们没有能去老堡躲藏，而是在自家屋里闭门关窗等待着武斗的胜负。炸药包轰轰地响，枪子儿嗖嗖地飞。有几天，会看见老堡墙头黑压压的人，忽喇喇的旗，齐刷刷的枪。

后来，老堡没了用场，改成了牲口圈。娃娃们跟了大人上到老堡，总能在堡壕的土里，或是额头洼的草丛中捡到红铜、黄铜的炮筒和弹壳。

但老堡却很坚实，纹丝不动地挺在额头注。一场场暴雨的冲刷，一次次地震的动摇，老堡依然我故。只是堡墙堡头上生出了不知名的野花和杂草，也长出了不大不小的椿树和刺槐。

老堡的淡出，是一个混乱世事的终结，更是一个太平盛世的永生。

老　窑

老窑在额头洼、大坡洼、上沟里。

老窑住的是穷汉。窑不大，窗子也小，往往从简陋的窑门进去，就是土炕，土炕的烟头眼开在窑门旁。

老窑门前开辟了大小不等的院，有些打了土围墙，有些几个连在一起。

窑里娃住在额头洼的窑洞里，不知他娘是早死，还是嫁人，反正兄弟俩，加上他大，两辈人仨光棍。一家人不懒，但总是缺吃少穿，穷得净屌打得土炕响。

人穷了，地也长不好粮食。那地是很远的山坡地，地瘠而不肥。爷仨除了务自家的薄地，更多的时候是给富汉家放羊或帮工，混个饱肚子。多些时候，家无隔宿之粮。

这是一家穷人。但老天不长眼睛。一日，下了一天的暴雨。窑里娃他大给邻庄一大户打工没回。第二天麻明早，窑塌了，地陷了。窑里娃兄弟两个被埋。当人们把两个十来岁的娃娃从土堆里扒出来的时候，已经咽了气。

两个窑里娃被崖砸死后，只剩下了娃他大。四五十岁的人从此便无家可归，只好当了磨老鼠，住在磨坊，过活一辈子。

几十年后，穷汉们前前后后在川里盖起了土瓦房，告别了老窑。有的老窑圈着猪羊，有的堆着柴草，有的圈着牛骡，用场多了去。

再后来，老庄牛骡少了，猪羊少了，老窑彻底退出。一孔孔破败的老窑，远远望去，像睁着的牛眼，像猩猩的鼻孔，像张着的老鼠洞。

老窑，曾经孕育了多少生灵，曾经有多少悲欢离合，曾经几多是是非非，但终究湮没于世，消亡于人们的记性之中。

老 场

夏至一过，场院就开始忙碌起来。

等到一场小雨润湿了杂草丛生的土场，老庄人就开始紧场。他们用锄头把潮湿的地皮刮起，然后均匀地撒上草木灰，再吆喝着骡马，或是用人力拉着碌碡，满场子一遍又一遍地碾压，直到把整个场院碾得光滑平整。

当“旋黄旋割”的鸟儿在枝头上叫个不停的时候，一年夏天的收成就到了。

四山八洼的麦子一天一个样。有的时候，早上看着还有点绿，晌午时细听，满地的麦穗“嚓嚓”作响。三伏天气，抓紧收割，一点儿不敢马虎。

于是，场院的麦垛一天比一天多，一天比一天高。在通往场院的每条巷道，骡子驮的，车子拉的，背上背的，肩上挑的，从早到晚，齐往场院里拥。

麦垛上是会垛高垛子的大把式，垛子下面是力气大的汉子用木杈把一捆捆麦子往垛子上挑。女人和娃娃把远处的麦捆往木杈下面不停地提着。

不到一个月的时候，偌大的场院被大大的麦垛子围着，围得密不透风。

这个时候，要看老天的眼色行事。估计着是个晴好的天气。凌晨四点多钟，当月亮和星星还高悬在天空，一丝丝凉意从树梢间伴随着轻风掠过的时候，老庄就已开始了一天的农事。

老驴长长地尖叫着，骡马的铃铛响起来，马槽里啃料的响声还没有停下来，巷子里掮着老犁，背着一应农具，牵着牲口的耕地人已经上路。随着“都起来摊场咧——”的吆喝声，除了耕地的，老庄的男男女女们掮着杈把扫帚，连枷木锨，先后来到了场院。

早来的勤实人已经在清扫场院的尘土，甚至被曲蟮顶出的一点儿土堆也要扫得干干净净，把缝缝填得平平实实，怕的是麦颗从缝里钻进去。

年轻的男人敏捷地爬上麦垛，拆着严实的麦垛。这个时候，一些马虎的摞麦人如果事先没有摞好，让雨水灌湿了麦垛，或是垛子里发霉，往往会遭到大伙的痛骂。

麦垛被拆散，成捆成捆的麦子从场心向场边均匀地摊开。几个闲不住的勤快人在清理着垛底。

太阳从东山升起，照晒着一场的麦子，三四个，或四五个老年人开始吆喝着牛马驴骡，拉着硕大而沉重的碌碡，依次从场边向场心，碾压着麦草。他们一手拉着缰绳赶着牲口，一手拿着竹编的罩儿。哪个牲口放屁，或者翘起尾巴，吆牲口的人便会赶忙把罩儿盛向牲口的尻子接住拉出的粪便，然后叫喊着场外的人把粪便倒出去。

摊场的人各自回家，匆匆吃了干粮，便会返回场院。这时候，男男女女的庄稼人排成一个弧形，挥着连枷，七上八下地抽打着被碌碡碾过的麦草。打碾过一遍后，庄稼人放下连枷，拿起木杈，把碾压得严严实实的麦草抖挑翻松，使麦颗落到麦草的下面。这样，反复三四遍，直到麦穗上的麦颗全部脱落为止。

抖过一遍场的间隙，老年人往往会坐在场房檐底下抽锅旱烟；女人们趁着这个时候靠着麦垛纳几针针线活，或就着荫凉地给娃娃喂上几口奶；小伙子更不会闲着，场院边有几棵杏树、梨树和桑葚，他们便会登上墙帽，摘几个下来解馋，或是打几个快要成熟的核桃剥着吃。

午饭一过，火辣辣的热头爷把一场的麦草烤得焦白。开始起场了。一拨人一边抖着干草，一边搭成小堆，挑着出了场心，一拨人在收拾草垛，一拨人用扫帚略扫着麦穗上覆盖的麦衣，还有一拨人用推耙推扫着满场院厚厚的麦颗。这是关键的时刻。有时候，老天爷板起脸来。看着上天一脸的乌云，庄稼人便加紧干活，场院里一片忙活。这雨真要下来，那可是要命的事。

好在多些时候，老天是有眼的，碾场的人也相安无事。这个时候，光滑平硬的场院上麦颗堆成小山，麦草摞成大垛。风起了，云散了，人们开始扬场了。老庄人很有眼色，就着风向，用木锨一锨一锨地扬着，让风把麦颗和麦衣分开。如果天气好，不下雨，和起场相比，扬场的过程是舒缓的。男人们就着起风的时候扬几锨，没风的时候歇一阵；女人们用扫帚轻轻地划拉着麦颗堆子上的麦衣。他们的动作是协调的，彼此的配合更默契。后面，紧跟着他们会用麻包把麦颗装好。一场下来，往往要装几十或几百麻袋。是啊，这是老庄人一年的粮食两年务作的成果，是从头年下种开始到第二年夏收的汗水。

后来，偌大的场院被分成了九十个小场。每个小场分给邻居们七八户共用。但是，从这个大场院拉回自家的粮食，远远比以前多了好多。场院能够派上的用场，每年夏秋不出一个月时间。再后来，粮食越来越不值钱，庄农成了一种附带，场院也显得清静，那些繁忙沉重的碌碡，似乎碾过了一个一去不复返的时代，永远地躺在了杂草丛生、不起眼的旮旯。

碌碡困乏了吗？没有，它在场院的一角注视着老庄的人，辨认着每年腊月回家过年，正月初四以后陆续走出庄门的男娃女娃。他们是不会迈进场院半步的。

老　庙

老庙在额头洼和大洼头的中间，背面是叫做南庄的舌头平地，平地两边是上沟里淌下的两条河。老庙就在舌尖上，庄里人说佛住在莲花芯里。

老庙由上、下两个小院组成。上院供的是南无净光佛，下院供的是本方山神，有人说是秦非子，有人说是朝爷，也有人说是老庄人的祖先。

老庙四周有围墙，墙外是大楸树、柳树、槐树等。石头砌成的台阶，拾级而上有卷棚并山门。庙虽小，但很紧凑，更有气势。

在老庄，庄农汉认为佛爷是大善人。拜佛，可使人心善而行善；拜佛，可以消灾避祸。而山神是方神，灵验得很，是老庄早先的庄头，是惹不起的神，所以，更要虔心敬奉。

老庙尽管小，但也有庙会。时间似乎在九月。这时也是秋收秋种结束后的空闲时节。老庙的社子范围就是老庄的全体人户。会长各户轮流，负责收取庙会费用，以及过年三天的供香等。

老庙逢庙会也唱戏，只是不唱大戏唱皮影或木偶。皮影戏的内容，远比大戏宽泛，有些戏文长，要唱好几天。

老庙离老院很近。老院里的娃娃经常在老庙周围玩耍。有时，还会把佛龛上供着的小佛娃抱回老院。但佛是不会怪不懂事的娃娃，倒是大人们被吓得要命，便焚香烧纸，恭送小佛娃归位。而娃娃又抱在怀中不肯给，大人们只好连哄带吓地索要。

老庙早年也曾办过学堂，也有师傅教过学。据说曾在陕西龙门洞当过监院的道人嗣昌公晚年曾住于老庙。可见老庙虽小，却容纳了释、道、儒各家，亦是老庄文化的发酵之地。

于是，老庙的文化气息便日久天长地传到各家各户，教化着老庄人的灵魂。老庙的这种独有气息，浸透在了老庄人的骨子里，规范着他们的做事行为，成为他们的精神支柱。

老 戏

儿时的记忆中，迷迷糊糊被娘抱在炕沿，小脚立不稳，脚地挤满了一堆女人，大妈、二妈、小姑、舅妈，以及街坊邻居。一阵忙活，从头到脚，经过一场打扮，被她们相互传递着抱到戏场。

黑压压的人群，瞅着戏台上昏暗的汽灯。戏台上红红绿绿、出出进进，穿了宽袍大袖、长袍短褂，看不清面目的人儿。晃来晃去的影子，不知是看到的，还是梦见的，这情景恍若仙境。后来，努力的记忆，那恐怕是印象中的第一次看戏，定然看的是秦腔老戏。

又记得，在康家院上厅高廊上，几个人相互抱着说一阵、喊一阵，唱一阵，像很痛苦地哭一阵，但毕竟没有娃们在站着、蹲着的大人堆里跑来追去有意思。后来，听大人们说，唱的也是秦腔。再后来，老戏似乎绝迹了。

20个世纪70年代末80年代初，老戏如一夜春风吹开的百花，遍地绽放。最先是《十五贯》，公社和县上的剧团在乡下巡回演出。人们看一个叫况钟的清官断了一桩刑事案件，洗白了一对被糊涂官错断而几乎丧命的民间男女的冤案，方知道冤、假、错案自古有之。

那几年，乡下城里，人们成群结队地看老戏，也不断地听说生活中有许多冤、假、错案被平反，被昭雪。不久，县城唱《大风歌》，演的是周勃辅佐汉王诛杀吕后的故事。于是，老庄人便古为今用，说老戏，对号入座比当世，深揭狠批“四人帮”。

老戏，如春天的烟山土雾，一阵一阵卷进老庄。刚才走出田地，放下锄头，沾满泥土而又粗糙的手脚，便手舞足蹈。破旧的龙袍罩不住袖口翻漾的棉花，殷红的脂粉涂不光垢土厚尘的脖子，搭台唱大戏，几天几夜落不了幕。为了一盏汽灯，老庄人要站在场院盯着黑暗的戏台，哆嗦上几个时辰，等待光明，等待开戏。唱不起大戏，木娃娃戏也能成。实在不行，两只眼睛看一只眼的牛皮灯影，也过瘾。

后几年，戏路宽了。《辕门斩子》《铡美案》《三下阴》《闯宫抱斗》等等历朝历代、天上人间地狱的故事代替了家庭残缺不全的样板戏。清晨，家家户户的小广播一声“太娘啊”把老庄人从梦中唤醒；夜间，人们听着帝王将相，才子佳人的故事渐次入眠。

八爷掮着犁，吆着大黄牛，歪着脖子，一腔不接一腔地喊着“悔不该”下了地；三叔骑着土黄骡，哼着“头戴黑”上了五爷庙梁。四娘常常咧着薄唇，唱着《三娘教子》。五婆最恨忘恩负义的陈世美，大约是原本定了亲的二女儿被男方悔婚给甩了。老婆婆一听到大喇叭唱《秦香莲》，手中的铁勺砸得铁锅叮叮咣咣，牙咬得如炒豆一般。

这一时段，城里唱戏，乡里人背着干馍往城里赶，人山人海的大场子挤满了四邻八乡的看戏人。小城所有的警察倾巢出动，维持秩序。乡下一村唱戏，邻村十里、五里的村民白天黑夜赶戏场。

一次随众亲房去北山送新娘，宴席后主人为了表示对娘家人的尊敬，竟在堂屋脚地唱起了老戏。作为尊贵的娘家人坐在热炕上由长者相陪，蹴在火盆旁喝罐罐茶。众乡亲东家拿来靴子，西家拿来蟒袍，登时，锣鼓家什响起来，生丑净旦粉墨出场，一台老戏就这样唱了下来。

是啊，老戏是他们久别重逢的故友，是贫瘠文化荒漠迎来的一场甘霖。祖祖辈辈，老庄人出世，过满月，过百岁，听的是秦腔，结婚祝寿看的是秦腔，甚至在辛劳一生，行将入土的时刻，也是秦腔把他们送上了黄泉路。看一台好戏，是对老庄仁义礼智、忠孝节义的回归，是人性的复活。老戏经过千百年提炼的道德准则似乎已成为一种生理的渴求，渗透在老庄一代一代人的血液之中。

经过十多年的失范时代，老庄人的血管在膨胀，泪花在奔放，筋骨在舒张。老庄男女把对人世的理解，情感的释放，生活的感悟，生产的体验，全部倾注于老戏这种原始而古老的艺术形式。他们高兴了唱几声轻快活泼的《拾玉镯》，悲伤了喝几句荡气回肠的《下河东》，愤怒了喊几句声如雷鸣，响彻山谷的《斩单通》，仿佛他们就是戏中人，而戏中人简直就是他们。开场锣鼓响起，一声大叫板，声震木林，激越动人；一个亮相，神虎啸风，定格一尊穿越古今的形象；一腔苦音慢板苍劲悲壮，世世代代面朝黄土背朝天，被生活压弯腰板的老庄人便情不自禁，那感觉如冷风灌衣领，如烈火烧胸腔，毛发骤然竖起，周身痛快淋漓血脉滚动。

十多年后，老庄人猛然发现眼前的世界更精彩。老戏终被家家户户的电视机、录放机扑天而来的摇滚乐推到了边缘。老戏不再红火，一个令老庄异常振奋的艺术形式萎缩了，萎缩到了大大小小的庙会上。老戏的受众成了各种各样的神。老庄把老戏如同献果祭品一般，在约定的时间地点，清冷地献上神的祭坛。

但人们有足够的理由深信，老戏不会成为绝响。因为，它是黄土地上祖祖辈辈用生存与生活的喜怒哀乐，用汗水，用鲜血，用眼泪浸泡过的一坛陈年老酒，终有一天又会散发出独有的芬香。

老　碾

老碾，在老庙底下的路畔。

老槐树下，高大的树冠像一把伞罩着碾子。

碾盘用几块大石头支着，真的是稳如磐石。碾盘的沟沟槽槽被碾平了。碾盘上的碌碡也看不清纹路。老碾的岁数有多长，没人能说清。多少年来，老碾在这里纹丝没动。碌碡日复一日，年复一年，沉重而疲乏地在碾盘上滚动着，转个不停。

碾盘的沟槽淌出了多少粒米，碾出了多少面，更是谁也说不清。

老驴拉着碌碡，沿着世就的轨迹乏味而沉重地转，转了一圈又一圈，拉了一年又一年。驴也转世过几劫几回。老庄就是这么过了千百年。

早先，老碾承载了一庄人的食面，就是有了水磨，交不上磨课的人还要靠这老碾。老庄人粮食不够吃，交不上磨课钱，但力气是永恒地生在筋骨里的，那劲头与生俱来，自娘肚子里就能踢上几拳脚。

更多时候，这碾就是给女人们世就的。男人们把粮食从地里打回来，女人们就得磨成米和面，做成粥和饭。这样，碾盘上的碌碡推不动，也得挣扎着推。就像人一生下来，再难活，也得活下去。

碾盘中间竖着的圆柱芯子，牵引着碌碡，一如牵引人们生存的命运之神，必须要沿着它给你的轨迹运行，而且一旦上道，就挣脱不开。

除了老碾外，还有磨子。磨子，早年间几乎家家都有，大小不等，小到手磨，大到拐磨，以及人推驴拉的石磨等等。上下两个圆磨盘，一个转动，摩擦另一磨盘，而后将五谷研细磨碎。这种加工工具，大约起源于三皇治世时代，但至少在秦汉时期就已经广泛使用。

拐磨，是给上扇磨盘加上长长的臂杆，通过杠杆的原理，推拉转动磨盘，比较省力。老庄的拐磨，主要是做豆腐用的。老庄人把黄豆用水浸泡一夜或一天，用拐磨拐成豆汁豆浆，然后经过加热、过滤，再做成鲜嫩可口的豆腐。

手磨则是老庄人放在炕头推磨各种调和佐料的。一合手磨，从光滑的石面看，怕是有了千百年的经历。

但最苦的莫过于推磨。这活总是女人做的，一根推磨棍粘在腹部，直推得天旋地转，天荒地老。推磨，是生存的需要；推磨，是考验，甚至是惩罚女人的一种工具。老庄似乎辈辈有个李三娘，硬是把一生终结在了透进几丝阳光，或月光的昏暗磨坊。

九月里来菊花黄，李三娘起早进磨坊。
走进磨坊粉白墙，半墙上修下土地堂。
土地爷爷本当老，浑身上下劲大了。
土地爷爷本姓张，窑窝子修在半墙上。
磨子好比河湾石，能工巧匠錾得齐。
磨子本是家中宝，搭上麦子面下来。
磨子好比一挂线，麸子细面上下关。
磨棍好比一根柴，打柴樵夫捎着来。
它虽不是亲生子，热里冷里抱到怀。
灯盏好比当家嫂，旮里旮旯都照明。
扫帚好比五只手，圪里圪塄都扫净。
李三娘呀泪汪汪，啥年月里出磨坊？

老　磨

老磨，在老庄的河畔。

老庄人从秦水河上游挖开磨渠，把水引到老磨下面。

老磨，盖磨渠上。磨渠的两边用大石头砌成两堵高墙，水从高墙中间流过。老磨的山墙夯筑在两堵石墙上。

老庄的磨轮是平的，像一把倒着撑开的油纸伞，水冲磨轮带动磨坊里的石磨。石磨的上扇用粗壮的大麻绳四面牵引在房梁上。石磨上又吊着木制的磨斗，石磨下扇沉稳地转动，整个磨坊充满了石磨的轰隆声。

老庄的磨坊前后用木板装着，四面各开了几个圆孔或方窗，可向外边瞭望，也是采光亮的。

老磨磨面要箩面，粮食要一遍一遍地磨，面要用箩儿一遍一遍地箩，直到把麸子和面分开为止。

初冬季节，秦水河川没遮拦，北风吹来，河水结冰，老磨就会闲置。因而，老庄的人早早地把一冬的面要磨好。这个时候，他们就会用驴骡驮着，或人背着自家的粮食来到老磨磨面。

要磨面了，看管老磨的磨老师会掮着铁锨去堵老眼，放水下来。在老磨附近有木板闸，可以调节水量大小，控制磨轮速度。

磨面是辛苦的。人们既要不停地往吊斗里倒粮食，又要不停地来回推动箩儿箩面，几百斤的粮要磨上整整一天。

磨老师除了冬天，一直守候在磨坊里，因而浑身上下就是个面人，看上去再年轻也是个老人，头发、胡子、眉毛全是白的，简直就是一个白老鼠，只有两个眼睛像点了黑漆一般。他心急了便站在磨门前向四下里瞭上几眼，要么，伴随着轰隆隆、轰隆隆的石磨声，喊几句秦腔或眉户、山歌。当然，更多的时候是一边哼哼，一边帮着上粮，刮面，箩面，装面。

没有人来磨面，磨老师就像河滩上的老磨一样孤零零的，一个人在黑暗的磨坊炕上，孤独地就着火盆，喝罐罐茶，抽水烟锅。

在艰紧的日子，能够干上磨老师，无疑是一件与己与人、积德行善的行当。靠老磨墙壁、窗台、栿梁、绳索，甚至每个角落，扫得的土面，接济断粮户，不知救活了多少个家口，多少条人命。因而在那个时期，老庄包括秦水河两岸，都把磨老师看作救命的活菩萨。但是，对于这人世间的活菩萨，人们穷得实在没有上供的祭品，只能心存感恩，在心底为磨老师祈祷。

可老天往往是十分吝啬的，偏偏给磨老师没有赏赐一丁点儿福，他尽管能够活命，不愁吃不饱，饿不死，但终究光棍一条，无儿无女，孑然一身，一如老磨，在度过他平平的一世后，寂然消逝在了老庄的黄土之中。

油　坊

老庄没有油坊。

老庄的人要去邻庄的油坊榨油。邻庄的油坊在上河湾。

管油坊的油脱夫是大舅爷。大舅爷高个子，宽肩膀，长腿，大四方脸黑得像亮漆刷过一样。

油坊是高大的。粗壮结实的大梁上，用粗壮的麻绳吊着三个硕大的碌碡。脚地里用石头箍了个大池子。有人来榨油，大舅爷用大杆秤称过胡麻籽后，就会把胡麻籽放在大锅里用温火炒。炒个几成后，大舅爷就把油料倒在大池子里和上水，拌匀称后装在用马叶草编成的草包，再放在油槽里，解开吊着的碌碡，挤压油草包。胡麻油便会从油槽中缓慢地滴出来。压过一两遍后，大舅爷会把油渣儿倒在池子里，用他那光着的大脚板，踩踏着油渣儿，直到踩得稀烂，再用草包包起继续压榨，直到榨不出油星为止。

有些时候，跟着婆去油坊看大舅爷，总会得到好的奖赏。大舅爷把婆带去的先麦面碗簸或饼子掰碎，在一碗油中浸过，吃起来真香啊！

油坊，在河滩上，轻风吹来，满河川的油香味。老庄和邻庄的人会从飘来的油香中分辨出是胡麻油，还是菜籽油、蓖麻油等等。

老庄的地虽多，但一年留作种油料的地却很少，况且，还要给公家完成油料定购的任务。因而，能从油坊担出几罐几坛清油，再分到各家各户就显得很金贵。生产队时，派去榨油担油的，都是挑了又挑，选了又选的细心人和老实人。倘若粗心，或摔了油罐油坛，那可是闯天祸的事，一庄人就会连少得可怜的油星都闻不到。

后来，分了地，各干各的，胡麻、菜籽种多了，油料也多了，而油坊却闲置了下来。新式的榨油机省工省时很方便。谁家想要吃油饼，随时拿袋油料，一会儿就会榨出几斤油来。

但是，油坊在榨油机没有之前，碌碡吊了几千年，油脱夫经历了多少代，清油灯燃了多少夜，谁也说不清，甚至连一点儿痕迹都没有留下。

场　房

场院的南边和北边，是两排门对门的十几间场房。场房，是用来贮存生产队的物资的。

生产队打下的粮食，买来的农具，分来的化肥等等，凡是带公字的物品，都存放在场房。场房有保管员。保管员往往是庄里人从没私心的老实人、肯干事的勤快人里挑选出来的，是大伙儿信得过、队上靠得住的人。

保管员住在一间场房里。屋里盘了大大的土炕。天阴下雨，三九严寒的日子，土炕经常烧得很热。这屋里是个人气很旺的窝子。农闲时，庄农人会聚在屋里打扑克，下棋，拉家常，听古今。也常会看到闲不住的男人胳肢窝夹着胡麻毛，吊着一个大洋芋，手中拈着毛线，嘴里谝着闲传。胡麻毛线是用来织麻袋的。

保管员，管得严。谁要借公家的东西，他是不肯给的。那些小偷小摸的奸诈人稍有动作，被保管员发觉，定会臭骂一顿。就连场里的老鼠也被管得怨声载“洞”——老鼠骂保管员，把你的吃了吗？

有一间是记工员，或是会计的房间。里面放着大砣杆秤和磅秤之类。一张黑漆的烂桌子，抽屉上经常挂着大大的蓝锁子。屋里的破算盘尽管少了几颗珠子，但成天间“噼里啪啦”地响。

还有一间，照例也盘上了土炕。有时驻队干部在里面睡，有时是收猪收鸡蛋的公家人睡，也有时是留给调皮捣蛋的社员关禁闭的。

但多些时候，是开会的。有事要开会，就能看到炕上蹴的，脚地站的，墙根蹲的，门旁立的，抽烟锅的，拉水烟的，衔卷纸喇叭的，拉鼾睡的，干咳嗽的，连打喷嚏、带淌清鼻涕的。公家的人讲公家的事，庄农人盘算自家的事，就这般开会议事。

突然有一天开始武斗，这地方又成了“八八”和“红司”争夺的堡垒。红红绿绿的标语贴在土墙上，歪歪扭扭的大黑字写在门扇上，铁喇叭喊话筒攥在谁手里，谁就是队长；枪杆子扛在谁肩上，谁就是司令；剩下的拿着长矛和棍棍的，谁凶了跟着谁。又有一天，保管室里多了几包炸药包，几箱雷管，几捆导火线。又有一天，来了城里的男学生娃和大姑娘，穿着黄衣裳，扎着皮腰带，戴着红袖章，搭着红旗旗，举着领袖像。他们排成一行，像老婆婆查冲气时铰的红纸人人，扭脖子踢小腿抡胳膊，口中念念有词地围着场院转圈圈。八太太说：“娃娃，躲远些！这是玉皇大帝派来的六丁六甲，眼看着天兵天将就要下凡了。”可是，娃娃们不听八太太的话，硬是跟在纸人人里瞎起哄。

有半年时间，早上老土枪响一阵，半夜里炸药包响一阵。于是，老庄的大狗、小狗咬个不停。娘怀里的娃娃惊得哇哇直叫，半晌哄不欢喜。

场房，没被炸塌。

场房，批斗过人，也打过骂过人。那是些被反绑着，胸前挂着白牌，白牌上写着黑名字，戴了纸糊高帽的人。当中有开会老穿四个兜兜制服的大干部，有胡子很长的大个子他二爷，有头发花白、脖子粗壮的大圆头他七大，有穿着大襟袄、走路不停地摇头、裹着三寸金莲脚的他婶娘，也有庄那面嘴上没毛的刘疯子……一干人等被一字排开，跪在学生娃的板凳上，每人打一顿，骂一顿，直打得汗流浃背，鼻涕眼泪掉了一尺长后，押着出了场院。

有一天，场房十分欢闹。上面的头头来了，依然是穿着制服的大干部。大干部说了前几天在开会的场房里说过几十遍的话。平日里在场房主事的人都在，从上庄到下庄的男男女女都来了。老庄人分骡子分马，分农具分树，当然，地也都按好、中、差搭配一并分了。

场院北边的几间房拆了，木椽、桴子、串子、瓦片，一点不留。就连那个经常“噼里啪啦”响的算盘也折了。后来，见谁家的娃娃项圈上还挂着几颗算盘珠子。

场院南面的几间房没拆。过了几年，椽朽了，檐断了，墙塌了，瓦掉了，门扇不见了，只有门框和塌墙破败地立在那里，凄凉地等待着将来的命运。

老　年

百年来，老庄人虽知公元纪年，也知元旦佳节，但他们是不把元旦当年过的，充其量把它叫个洋年而已。老庄人看重的是春节，把春节叫老年，那是他们世代相因、亘古不移的年。

老庄纪年以十二相论：鼠、牛、虎、兔、龙、蛇、马、羊、猴、鸡、狗、猪。十二种动物，除龙是皇家胡编乱造的未有怪物外，其余十一种都与老庄人相伴为伍。回忆过去，叙说事件，以十二相点年；展望前景，谋划未来，以猴年马月标记；养儿育女，更按这十二相属记生辰，就是给娃起名叫号也先按这十二相叫起，属什么叫什么，诸如牛娃、虎蛋、兔儿、羊羊、狗狗等等。

过老年，对老庄人来说是件极为庄严而铺张的大事。要过得有滋有味，有板有眼，有声有色，有情有趣，年味十足。

老年的味，在跟年集、办年货。腊月，老庄人便谋算着过老年的事。从腊月八开始，年的味道一天比一天浓。腊月八，馇米馇。女人们把谷米淘干净，合上猪肉臊子在锅里馇好，吃之前，都要在所有的门扇和窗扇上黏上一筷头米馇。没有人晓得是什么意思，反正，吃过米馇，就知道该置办年事了。有的人喜欢进城逛街，今日几尺布，明日几支蜡，按着自己的计划，慢慢地跟年集。有的家则男女出动，大包小包地往家里背。老庄的豆腐坊、粉坊、磨面坊每天都接纳着早已约定先后次序的忙碌人。杀猪的梢桶，跟着杀屠满庄转。

抢猪尿包、拔猪鬃的孩童跟着杀屠不离身，他们要猪尿包当足球玩，要猪鬃换鞭炮。人们从猪被捅进刀子的叫声方向，就知道谁家今年年事好。腊月，于农事来说是闲月，于过老年来说，一天紧上一天。就是再穷的家道，也要称一斤豆腐，买二斤粉条，请人写两副对联。到了二十八九，连镇上城里的小商小贩都坐不稳当，跟集的人更是火烧火燎地跟跑集，价钱高低贵贱都好说。所谓年难过，年年过，总不能把人撇在年前，多少得有点味儿。

老年的味，在吃蒸馍、炸油饼。老庄人说，蒸馍过年吃，意思是只有过年，才能吃上白面蒸馍。的确，“今冬麦盖三层被，来年枕着馒头睡。”逢上好年成，你会看到腊月二十五后的几天里，农家的厨房热气腾腾，偌大的案板旁边，媳妇、婆婆、小姑、女儿们挤在一起，揉面的揉面，换笼的换笼，拾馍的拾馍。户户的院落油香扑鼻，锅里的青油、猪油沸腾着，油饼、馃子、麻花翻上跳下。她们做的油饼、蒸馍、花卷，一直要备到正月十五前后够吃。同时，这也是展示自家面艺的好机会。因为亲戚们要相互走动，见面礼就是油饼和蒸馍，所以，这个时候，哪怕是平日里闹别扭的女人们也会摒弃前嫌，互相搭手，把活尽力做得漂亮些。看看老庄家家户户大箩筐、小箩筐堆满白花花的蒸馍和香脆脆的油饼，以及麻花馃子，就知道年来了。曾经的岁月，“白面油饼蒸馍馍”一直是老庄人不懈奋斗而期望的老年。

老年的味，在穿新衣、荡秋千。曾经的老庄太穷，不像今日富足。一年到头，能有一身新衣穿，那才叫过年。但遗憾的是只有想方设法从头到脚给孩子们弄新衣。大人们则拆洗一番，收拾干净，也就算过年了。年关跟前，就是再懒的女人，也要白天拆拆洗洗，夜晚缝缝补补。你看，这家媳妇在油灯下一针一线正在给她全心爱着的宝贝儿纳鞋底、缝新衣呢！你再看，这几个婆娘们正在热腾腾的火炕上，相互比试着给娃娃做的小棉袄、虎头帽、花肚兜兜呢！正月里，家家户户的男孩女娃，穿着花花绿绿的新衣裳，在大树上像垂柳一样飘来飘去，高高低低地荡秋千，真可谓心花怒放。这段美好的日子，说谁家的娃穿得俊样，那是既夸了娃娃，更夸了娘啊！这难道不是老年的味吗？

老年的味，在接灶爷、迎先人。腊月二十三，是老庄的小年，年味从这天开始浓得神秘。傍晚，老庄人早早地吃过晚饭，把灶房收拾得干干净净，点上香蜡，献上烙好的灶饼，慎重地目送灶火阿婆上天回娘家。在老庄人看来，灶火阿婆是屋里的女神，是家神，家中一些小灾小难，以至女人娃娃头疼脑热，都是由于灶火阿婆不欢喜引起的。平日里有这般事，总得先给灶火阿婆上香磕头，禀复禀复。过老年了，她给这个家操尽了一年的心，也该送她回娘家走动一番。当然，这灶火阿婆也捎带了一家的期望，所谓“上天言好事，下界降吉祥”就是送灶时祷念的一句。老庄人心里清楚，家家都有一本难念的经，清官也难断家务事。为了把平日的是是非非隐藏起来，为了把自己觉得的一些亏心事隐藏起来，不让头顶的老天爷知道，便想出在灶火阿婆上天之前，献上粘蜜的灶糖，试图把她的嘴封起来，让她尽拣好的说。或许这灶糖本身就是一种甜言蜜语的符号。

灶火阿婆一走家里似乎就没有忌讳了。于是，从腊月二十四开始扫房子、清院落、洗衣服、泼脏水，清除一年的陈垢。

上天堂的路有多长？也不远，来回只有三四天！除夕之夜，老庄人照例要支起香案、摆了贡品，把灶火阿婆从天界接回来，重新供上神龛。

好像是夫子说的，“祭如在，祭神如神在”。人，不能忘了根本。老庄人过老年，总不忘把先人接回家。先人在另一世界，但老庄人能见到。腊月三十，家家都要包纸，这纸内自然是各种冥票冥币，封皮如写信封一般，从某门三代宗祖考妣之神主开始，上至五服以内的逝者，夫妇合写一包。早逝者用红纸作签，逝期未满三年的不用红签，诸如高祖考妣某公某氏，曾高祖考妣某公某氏，依辈分一一勾神点衹。当日晌午，众亲房男女集于主祭坐纸者院中，由长辈以香盘奉捧一包一包的纸，众人跟着，先在大门口焚香烧表，祭奠接纸，再以此排列，供于堂桌，上了贡品贡果，三叩九拜，算是把所有逝去的先人接回了家。之后，从正月初一到初三，每日三餐，家人吃啥给先人吃啥，也不时地焚香烧表，以示怀念祭奠。初三日，合族男人并娃娃集合，隆重地把供了三天的先人送到坟院，祭后土，烧纸送先人。当然贡品贡果、香蜡烛表，三叩九拜都是必不可少的程序。这期间，亲友来了，不管地位如何，都要由主家陪着跪拜祭祀。当然，长辈给晚辈的压岁钱多少得给些，那头也不能白磕！这年味，充满着香火味，充满着烟火味，能看出谁家香火旺盛，后继有人，家族势重；谁家人单势薄，后嗣鲜寡，家道衰微。

老年的味，在守年夜、迎喜神。腊月三十，就是再穷的家，再破的门，也要放一串鞭炮，贴上对联和门神。有人在门上还贴“出入平安、全家幸福”的红纸绺，甚至给牲口圈、驴鞍子上也要贴些“五谷丰登、六畜兴旺”“上山如猛虎、下山如蛟龙”之类的吉祥话。你看，门外是白雪，门上红纸黑字，加上高悬的红灯笼，照着金灿灿的玉米棒、红扑扑的辣椒串，再配上喜鹊登枝、鸳鸯戏水的刺绣门帘，狮子滚绣球、五子登科、百子福之类的剪纸窗花，你能说老庄的老年没有年味吗？

夜晚，在这样的氛围中，一家人坐在烧得热乎乎的炕上，围着一盆烫乎乎的炭火，吃着冒热气的暖锅，抱着穿了绵乎乎新袄褂的孙儿，与那个世界来的先人们共济一堂，这屋，算是年味十足了。还有更幸运的事，除夕添了人丁，赶着过年来的重孙，干脆就叫个赶年儿。婴孩的一声啼叫，更是别样的年味。

把先人接回家，总要说些话。光宗耀祖也罢，亏了先人也罢，一年了，都不容易。守岁坐夜，不能早睡。好像是说睡早了会做噩梦，或者把一年的坏心情抖起，或者给来年梦个不祥之兆。老少们坐着的时候，东拉西扯地说话，和家人说，和先人说，和去的年说，和来的年说，说些辞旧迎新的话，说些继往开来的话，说些人神共知的话。但总归是三十晚上算一账，人在本钱在的话越来越少了，芝麻开花节节高，明年更比今年好的话越来越多了。哈哈，这年味是够深沉的！

正月初一，开门大吉。家家的牛马驴骡吃饱好料，顶戴红花，耳挂红带，能骑的骑着，能牵的牵着，从打扫得干干净净的巷子里溜出来。一时间，老庄马挂鸾铃，驴骡带响，连牛羊的铃铛也全响起来。人欢马叫的队伍去往今年的喜神方位迎喜神。喜神好像一年一变，一年一个方向，吸引着向往沾一身喜气、多一年喜事的老庄人，追寻他们的梦想。这年味里有好事喜事，有希望盼想，你更会看到来年人畜兴旺的景象。

老年的味，在动锣鼓、要社火。先人回到家里是不能敲锣打鼓的，大概是要肃穆地和先人们交流，怕惊了他们的魂灵。正月初三，先人前脚走，后脚锣鼓家什立马响起来，震得树枝发笑、敲得老庄心痒。老庄的社火，自然非阳春白雪，但却真率恣肆，想怎么要，就怎么要。披红挂绿的骡马社火，背上驮了早年的人物，持青云偃月刀的关云长，抱铜锤的徐老将、赐福的天官、借伞的白娘子、闹天宫的孙大圣、下凡间的七仙女、顶红绫的包青天，总是帝王将相、才子佳人居多。居高临下的长腿子，高跷之上也是这般光景。摇头晃脑的狮子和翻上跳下的老虎在面前开路，旱船摇进院落，高灯紧随其后，姑娘们涂脂搽粉，咿咿呀呀地和着铿铿锵、铿铿锵的锣鼓，唐朝一句、宋朝一句地唱着老庄道情。从正月初一到二月二，疯要一正月，一庄一庄地游，一户一户地串，把老庄要得热火朝天。这年味要是觉得不够，便搭台唱戏，大戏唱、灯戏唱、木娃娃戏唱，一连唱它十天半月，反正是自娱自乐，要高兴就好。

老年的味，像一段锦、一束花、一首歌、一曲交响乐，四散开来。有几个节点，像汹涌的波涛掀起的大潮，一浪高一浪，总要要得老庄浑身舒服。初一到初三自不待说。初五、初六、初八、初九、十五、二十，像一曲乐章一样，每段都有新花样。而且，给这几天分别冠以特殊的纪念，有的祭天，有的祭土，有的给佛爷过寿，有的给娘娘上香，总有点说辞。正月十五玩花灯，则全是娃娃们的灯会。就是大人们掺和进去，也有些捉迷藏的味道。新娶的娘子不能见本家的花灯，要到别人家去避灯。

不经意间，到了惊蛰，或者春分时节，雷惊天地龙蛇蛰，雨足郊原草木柔。二月二，龙抬头。该动农事了，老庄人怕要了一正月，把人要糊涂了，就炒些豆子，嗑着带响，把人唤醒。社火队急忙在当天披挂起来，风风火火走东家，串西家，点一把麻秆火燎屋燎院燎四方，名为卸妆，实为驱鬼神。从此，淡去老年味，迎来又一年的农事活动。

有了这些年味，老年就有过头。也许，正是这老年味吸引着一年四季漂泊在外的人们，就是辗转千里，也要来老庄过个老年的缘故吧！

老 伴

男以女为室,女以男为家。男女结合,构成一个家,一个稳定的家,一个和睦的家,一个幸福的家。

男女组合,结成家室,靠姻缘婚配。人世间,再没有比婚姻更为神奇的事物。你想一想,人们的吃喝拉撒、衣食住行这些事儿都有部门管,生老病死、矛盾纠纷等等,都有专人管,唯独男女两人的结合,谁跟谁结合,在这样的茫茫人海中,却都能各得所需,各有所爱,这还不奇妙吗?

我不知道,从婚姻到家庭,这姻缘除了天生的异性相吸规律,有多少需要破译的密码!

一个女人、一个男人生儿育女,相依为伴,一路同行,终其一生,在一家庭看来,是一件了不起的大事。

我看到一些年轻人走过了闪婚的路,然后,毅然分手,各自又找到了意中之人。这样的情形,也许是一种轻松的生活方式,而且确实地进行着。

我听到一对夫妇,男人与影子为伴,形影相吊;女人与宠物为伴,同眠共枕,但两人各自均有所寄托,一直没有分离,而且维持着家庭。这样的情形,也许是一种沉重的生活方式,而且确实地进行着。

在老庄,有这样的老伴。

汉子娶她时,她对汉子不甚了解。她跟了汉子,生了孩子,有了孙子。这对男女，日出而作，日落而息，常年厮守，白头到老，终其一生，死后与黄土为伴，也同穴而居。从年少夫妻，到老来为伴，不懂火辣的恋爱，却相互体贴；没有海誓山盟，却相依为伴。男下地，女跟着；男外出，女守望；男怕女冻着，女怕男饿着；生病了相照应，委屈了互擦泪。这是老庄的一对老伴。

在老庄，也有这样的老伴。

汉子年轻气盛，不时打骂她，但她还是给汉子生了孩子，有了孙子。汉子和别的女人间或偷情，一场风波后，她回了娘家。但她看在孩子的分上，看在男人的分上，又回到了男人身边。反反复复，浪静风起。多年之后，汉子老成了，把女人当老伴了。晚年，这对男女病魔缠身，相互照应，先后离开人世，也一样入土为安，相依为伴。这也是老庄的一对老伴。

在老庄，还有这样的老伴。

汉子吃粮当兵，保家卫国，一去杳无音信，撇下妻子儿女，坚守家园。四十年间，汉子独处孤岛，只身一人；女人独守空房，抚养子女。一水之隔，两岸阻绝，相见梦中，苦等苦盼。五十年后，这对老伴最终相聚时，老汉是漂洋过海的骨灰，老婆是骨枯如柴的尸首，这样地在阴间相见，相伴而眠。这还是老庄的一对老伴。

在老庄，也还有这样的老伴。

汉子中年丧妻，重续另娶；续弦相依为命，相伴而终。这一对老伴还是把生活过得有滋有味。又有男人早死，发愿抚育孤子的女人，后又招婿上门，生儿育女。似这般在人世路上遭遇七断八截的苦命夫妻，有时的光景叫外人看来，前面的路是竖着的，但他们或为繁衍后代，或为抚育孤儿，仍然顽强地成为走完人生道路的老伴。这应是老庄的磨难老伴。

男女为室为家，这婚姻构成了他们的命运。命运之神，推着男男女女走向人世终极。有人说，幸福的家庭是相似的，不幸的家庭却各有所别。在老庄，对于那些人世路上相伴而行的老伴，相似与所别都一样。他们不知志同道合，却默契相行；他们无须比翼双飞，却相互搀扶，最后约于黄泉之路。

这，就是老庄的老伴。

老　娘

老娘属蛇，辛巳相，倘若在世，今年应是古稀之年，七十有二了。但是，经历过苦难的岁月，积劳成疾，没能走进新的世纪，竟于一九九九年五月初七撒手人寰。

老娘长眠在黄土高坡老坟已经十四年了。十四年来，在这个喧嚣的世上，经历的是是非非，总想告诉老娘。然而，天地渺渺，阴阳相隔，母子相见，唯有梦中，唯有挥之不尽，难以忘怀的深沉记忆。

儿时记忆中的老娘，她是那么珍视她的儿子，那简直就是一件稀罕宝贝。在迷迷糊糊中，被老娘抱着，小脚立不稳，在木头炕沿上踮着。大红缎子做的虎头帽，叫做脑包，上面竖起两只耳朵，用白茸茸的兔毛，镶了金线的边子。脑后有披肩，披肩上交叉着两条彩绸带子。蓝底小黄花的棉袄，花花的，绵绵的。棉裤已记不清了。脚上是红绒面料做成的虎头鞋。经过一番打扮，就是这么一个小东西的我，被挤了一脚地的大妈、二妈、小姑、舅妈，以及巷道里的女人们传来抱去。她们要抱着我去看戏。在老娘的心目中，儿子就是一个足以在大庭广众面前炫耀的罕物。戏台上红红绿绿的人晃来晃去，锵锵咣咣的锣鼓声渐渐远去，儿子已经熟睡在老娘的怀抱。

儿时听说过的老娘，她是那么珍惜她的儿子，那简直是她的性命。听人常说，在困难的日子里，人们都在为生存而发愁。饥肠辘辘，生命垂危的老娘下地干活，无论地有多远，也要挣扎着回家照看她的儿子，有时，她饿得直不起身，竟爬着回来。听说，有一次老娘爬在大门门槛，听到儿子的声音时，厥然昏迷过去，那是一位快要饿死的老娘，对她心爱儿子的牵挂。

儿时看到的老娘，她是那么珍重她的儿子，那是一个老娘的全部寄托。儿子大约上了小学，整个村庄被贫困和饥饿包围着。老娘起初是将废弃的牛皮纸化肥袋子捡来，裁得整整齐齐，攒得严严实实，给儿子当写字本。后来，用拾的白塑料纸攒成练习本，儿子写完全部，在水里洗过，可以再写。老娘不识字，她希望儿子多识字。儿子勤奋好学，老娘看着很舒坦。上初一时，儿子也有十一二岁了，小姑和她的同伴嬉耍，议论着把儿子班上的一个女子说为媳妇。这事不知怎的传到学校。一天下午，儿子一进教室，哄堂大笑，一女生猛然上前，揪住又骂又打。儿子唯一一次逃学了。后来，老娘百般哄着儿子去了学校。这件事竟戛然而止，像没发生一样。后来，才知道是老娘给班主任说了，班主任下了命令。老娘不能让她的希望破灭，她是要看着儿子有学问，给她长脸，这是她天大的念想。

儿时梦醒看到的老娘，她是那么珍爱她的儿子，那是一个老娘的全部心血。昏暗的油灯下，老娘总是不停地、一针一线为儿子纳鞋底、缝棉袄。每年除夕，老娘忙完一年的活儿，迎接新一年的事，就是给儿子换上新的棉衣棉裤。多些时候，尽管是旧的，但经老娘的精心拆洗，穿在身上连心窝都是暖洋洋的。端午节之前，老娘翻箱倒柜，从包袱里，从针线筐箩里找出可用的布头布脑；从货郎那里，换来五颜六色的彩线，精心做成生肖，攒在儿子胸前背后，拴在手腕、脚腕。老娘是在用手中的针线给儿子赐福祈福。

老娘是宽厚仁慈的。在儿子的记忆里，没有动过儿子一根指头，没有和谁吵过嘴，也没有和任何人有过过节。少年时，儿子跟着老娘去山上割麦子。黄昏时分，回家几里的山路，老娘背的麦捆很沉。儿子只背一小点儿，背上还背着一家人的中午吃饭的碗。儿子背不动了，靠在路边地埂上歇缓，不小心将饭包中的几个碗全部摔碎了。老娘没有过多地责备儿子，当着脾气不好的父亲说是她摔破的。很多时候，老娘就是一棵大树罩护着她的儿子。

老娘是勤劳能干的。在儿子的记忆里，老娘是干活最卖力的，也是最踏实的。老娘曾干过几年生产队的副队长，也能带着一帮女人们独当一面，出色地完成任务。年底，不仅工分挣得多，而且常常得奖，光奖品铁锨、黄胶鞋就领了好几次。铁锨不离老娘的手，一年下来，磨去了半截，剩下像文物一般的铁叉，但总会被老娘擦得亮堂堂的。胶鞋尺码大了父亲穿，小了儿子穿。儿子穿在脚上感到是神气，更是一种荣光。

艰辛的生活，繁重的劳作，苦难的岁月，使老娘早早地离开了人世。老娘去世时，儿子出差未能见上最后一面。但儿子知道，老娘离世的时刻，最想看到的是她的儿子。这是真切的生离死别啊！这样的离别是残酷的，更有些绝情，给儿子留下了终生挥之不去、招之难来的念想，让儿子的心长时间、无休止地痛着。

人们啊！在这个世上，最可珍重的是养育了自己的亲人，最可珍视的是血脉相连的亲情！亲情一旦失去，难以挽回，而且，它会像不落的石头，重重地压在你的心头，沉沉地停在你的记忆。

二　爷

二爷，是至今唯一守着老院的老人。

二爷当年埋葬了二太爷、大爷。他的嫂子改嫁后，他便侍奉着二太太，抚育着大爷的孤女成人，自己也养育了三男一女。多年后，三个儿子都成家立业，各立门户，分开过活。而二爷却守着老院不肯挪窝。

二爷一家住着当年二太爷住的院。北房是主房，不知啥年月拆了。东房地基高，大石头砌成的台阶和走廊更高。房子高大，门四扇，窗子八扇，窗子底下是大青砖砌成的外墙，窗子上面装了木板。房的门槛也很高，两三岁的碎娃，自己是爬不进去的。

这房自然是好房。但是，二爷一年四季在炕上放着一个铁火盆。火盆里的火，冬天大，夏天小，烟好像没断过。所以，好端端的一座房，里外被烟熏得如黑漆一般，白天进去，跟夜间差不多一样暗。

二爷在庄里说话瞅不住场面，又有些玄乎，加上爱喝点小酒，喝不醉，但总是胡吹乱谝，因而，人家对他的话半信半疑，对他的人爱理不理，将就着交往。可二爷对二太太的孝敬没含糊，老庄没有人不在这一点儿上敬仰他。

二太爷死了，大儿死了，大媳妇跟了人，二太太便瞎了双眼，后来又疯了。一个人坐在炕上不出门，也不胡跑。只是大声地哭，大声地唱，不停地说，总不能安然。只要有人进门，她便举起双手，又放在炕上，如此这般，反复地在炕上磕头，尽指着说老院早已死去的人，这个在炕沿上坐着，那个在桌子上站着；要么说，有的从窗眼进来，有的从山墙的哨眼或从门槛底下的猫眼儿进来，猛然说在你的身后，说得人毛骨悚然，头皮发麻，脖子里冒凉气。

二太太这般光景，二爷早晚经常照顾着。病重了，二爷不是抓药给她吃，就是请阴阳法官查冲气。可病还是病，眼睛还是看不见阳世，只看见阴间。那年月真苦，就是再苦，二爷也没让二太太饿着冻着。

早些时候，二爷秋、冬穿一件破羊翻皮袄，戴一顶烂暖帽，只有夏天顶一个黑得发亮的小帽子，穿一件青布褂。好像多年就这个样子，人一开始就老，黑脸、黑胡子、白头发。也多年放了一群羊，在旁人看来，羊数没加也没减。

二爷早晨出门，背着一杆老土枪，夹着放羊鞭，衔着旱烟锅，吆着羊去洼上。回来时，枪杆上多了一只野鸡或兔子。二爷逢人便说他的枪法如何准，一枪能打一窝兔儿或两只野鸡。人们又没见，谁肯相信？但老院墙上钉着的兔儿皮，梁上挂的野鸡，总是有的。隔三岔五，捕获的猎物，二爷会在城里换回几个小钱用作零花。

二爷还编得一手好竹活。平日里脚地上放着竹子，从山里回来坐在小板凳上，不是划竹篾，就是编背篼和驮笼。编成的竹货都顺屋墙垛着，攒多了，逢集了，背得像高山一样，去赶集叫卖。

二爷是打瞎瞎的高手。老庄人把田鼠叫“瞎瞎”。瞎瞎没眼，满地里混钻。开春，麦子泛青，到谷雨点洋芋，瞎瞎就开始毁庄稼。二爷放羊，羊吃草，他坐在地埂看地里，能看到瞎瞎拱地皮，拉禾苗的情景，也熟悉了瞎瞎活动的规律。他会用竹子削成箭，用榆木做成弓，用皮绳做成弦，在瞎瞎活动的暗道上埋好弓箭。瞎瞎多的地埋上许多弓，过些时辰，或是隔上一夜，每个弓箭都能命中要害，击毙瞎瞎。二爷在瞎瞎泛滥的几年还到四里八乡走过这艺。靠着这绝技，也挣了些钱。

二爷能熬到今日，也真不容易。农业社时，他是典型的人多劳少户。二太太有病要吃药，娃娃们碎小要吃饭，工分挣得少，分到的粮食就更少。有一年分口粮，二爷一家六七口人扣取回销粮和借得的粮食，仅分了几十斤麦子。这一年，怕是二爷最难肠的一年，也不知他一家是怎么度过艰紧日子的。好在二爷不蛮出力，加上又是糊涂脾气，干活不紧不慢，想事看得开来，因而，没有被生活压垮，倒成了老院的寿星。

人啊，就是这样。有时候，凭着韧性，任凭命运，不争强好胜，往往会克服一切艰难困苦，在世上多活些年成。

七　婆

好像从没见七婆下地干活，偶尔看见她时，她总是斜挂了破背篼，在路上拾柴捡粪。

那背篼不知经历了几朝几代，一如她头上的黑色老包、长到大腿上的青色宽大褂，以及插在脖子上的旱烟袋。

七婆的脸面没个形状，皮包骨头，一脸的褶皱。细长的眼睛，硕大的鼻子，瘪斜的长嘴，大概从娘胎里出来，她就是这个怪相。

七婆高个子，身材细长，弯腰驼背，歪脖耸单肩，两条歪腿下是一双缠过足的小脚。走起路来很慢，像挑着的牛皮灯影。

七婆眼见谁家的碎娃，总会瘪嘴一张一抿，细眼一瞪一翻，猛叫一声，这是她爱娃的表达方式。但这恶婆相谁家的娃碰上都被吓得哇哇直哭，撒脚往屋里跑。

七婆和黑娃婆能说来话，也是黑娃家的常客。黑娃见七婆来，总是连滚带爬，没命地奔跑，藏到猪圈。等七婆出了院，听不到声音了才肯出来。就因这，黑娃一家极不欢迎七婆。但七婆总像鬼一样，爱来黑娃家。七婆来了，一上炕像猴般蹲着，东瞭西看，一锅烟吸不完是不会挪屁眼儿。

七婆的老汉应该是七爷，但没见过七爷。七婆有个儿子叫笨笨。笨笨不笨，大概从七婆肚子里出来时就会放响屁，所以叫了这个名。笨笨当过一年半的兵，自觉是个洋气人。谁知他连枪也没打过，只是在一个几万人的小县中队喂了一年半的猪就回老庄了。可这没人知道，因为他成天胡吹冒撂，老庄人也把他不当个屁，爱放不放由他。

七婆嘴馋，老庄谁家院里飘出油腥味，她便会像馋猫一样摇出来蹭一口。这毛病早年是笨笨大惯出来的，后来是笨笨养出来的。

笨笨是个坏娃，对娘亲可好着哩。有啥吃的总记着他娘。他逢人便说："我娘馋，口馋。"半颗洋糖，一把麻籽，一口果子总要给娘留着。

七婆更怜惜笨笨，狗狗命命的。好像说笨笨是从她尻子里蹦出来的，又好像说笨笨是她和老相好咋弄出来的……

笨笨命不好，她媳妇没有他娘的运气，给他没蹦出儿子。这成了七婆和笨笨的心不甘。

但老庄人说，笨笨命好，娶了个漂亮贤惠，能容七婆的好媳妇。

有一天，七婆不见了。黑娃高兴，他讨厌这个恶婆。但黑娃总感觉七婆还在追赶他，把他惊出一身冷汗。

不知从啥时起，笨笨也佝偻着驼背，长了七婆的一副嘴脸。衣服一样的宽大，帽子更宽大。只是外衣是四个兜兜的中山青制服，帽子是青沿制帽。

笨笨的旱烟锅杆子长，可当拐杖拄。他拄着烟杆看着大门口的篱笆园。园子里有大蒜、韭菜、旱烟叶，又有三棵老牡丹开得正艳：一棵是红牡丹，一棵是白牡丹，还有一棵是黑牡丹。

老庄人说，这三棵牡丹是三个外出打工的娃娃，是笨笨的三个漂亮女儿。老庄人既然这么比，肯定是三个娃在外闯荡，过了好日子。在黑娃看来，她们肯定比七婆强多了。因为，黑娃总是厌恶七婆的。

狗　娃

狗娃家住崖上。

院背后是大崖，院底下也是大崖。院没大门，也没围墙。一绺大小不一的碎石子砌了可进院里的引路。

一间撅屁脸厦子房，孤零零地立在大崖根下。厦子房一边是一摞柴草。

狗娃没娘，就一个他大。狗娃他大是个短壮儿。满头的白发，污垢的脸盘，出门进门不吭声。老庄外姓不多，他便是其中一户，好像是从后山来的。至于来到老庄的原因，反正不是招亲。当然，凭狗娃大的本事，哼！老庄谁肯要他。可狗娃爷父俩总是老庄的一户了。也许，早年是谁家的长工留在了老庄，可狗娃是哪里来的呢？

狗娃跟他大一模一样，从头到脚，走路的架势，绝了。可是，这爷父俩在活法上却大不一样。他大是老实本分的庄农人，干活、走路不嗯不喘，老驴还叫几声，跳几下哩。狗娃大走路不紧不慢，干活不紧不慢，好像外界跟他没有一丁点儿牵连。风起了，雷响了，下雨了，飘雪了，漫不经心，关我屁事。

狗娃可太狗了。成天像小狗一样满老庄蹿，像小猫一样满巷道钻。狗娃的嘴从不闲着，无时无节乱哼哼，跟牙疼一般。他说些啥，也没个人搭理。

狗娃一身的破烂。一件单衣穿烂了，秋夏挂在身上。大冬天，袄褂烂得千疮百孔翻棉花。那漾出的棉花早已没有了白色，跟土堆蹭出的脏羊毛差不多，土眉土眼的。

狗娃的棉帽简直是古董，也说不上戴了几辈人。狗娃有他的戴法，两个没毛的护耳，从不左右护耳朵，一前一后，一高一低，一只翘在前额颅，一只耷在后脑门。

热了大家的热，冷了是一人的冷啊！一年的冬天，尽管大冷两三个月，可对狗娃来说是难熬的。有些时候，狗娃会挤在晒暖暖的人堆里，蹲在大人们的交裆暖和暖和。有些时候会靠在柴堆，或是挤进麦场的草垛里。当然，令他最为惬意的莫过于蹴在八太太的灶火旁。这时的狗娃，有着过年般的感觉。他不仅有火的温暖，而且能够吃上八太太给的一块馍，喝上一口热汤。在狗娃看来，八太太的灶火，比他爷父俩冰窖般的家，强过十倍百倍。

多年来，饥肠辘辘，饿得冒冷汗，肚皮紧贴脊梁的情形，在狗娃身上是常事。实在熬不过去，狗娃也有办法，那就是偷，反正能吃的，能填肚皮的，他才不管公家的，还是私人的呢！

瓦罐不离井口破，只要来的次数多。终于，有一天半夜，他饿得抓天挖地，趁着月光光溜到生产队的保管室。狗娃想撬开门锁，直往队上大灶。晌午，他看到大灶热气直往外冒，几个公社的干部围着场房的炕桌吃得太美，一定是给他剩下了半根羊骨头。狗娃太幸运，门竟半掩着，猫身侧耳细听，没啥动静。狗娃小心地摸，使劲儿地闻，灶头上，案板上，碗柜上乱七八糟，可就是没剩下一丁点儿填肚子的。幸好锅台后的小黑罐有些沉，狗娃眼睛一亮，伸手一摸，黏糊糊的。狗娃抱在怀里，舀了一马勺凉水倒在罐子里，摇了摇，一口气连清带稠全灌进了肚子里。

狗娃心里舒坦。他想再摸摸，看有啥吃的，猛地肚子感觉不对，妈的，刚进去，咋这就要出。狗娃要拉屎，肚子拧着疼。狗娃正难肠着，咋弄？

保管员锤子拖着鞋，靠着墙根撒尿。做饭大师膘儿肥提着裤腰从保管员住的屋门扭了出来。

狗娃吓呆了，想抱头鼠窜，可肚子疼得要命，一步也挪不动，干脆蹲着拉屎。

锤子看见狗娃，狠声狠气地问："狗娃，你干啥？""我拉屎。"狗娃回答。

"听到啥动静了，拉啥屎？"锤子追问狗娃。

"我，我肚子疼！"狗娃说话间，膘儿肥拖着大屁脸溜了。

狗娃大了，看到膘儿肥，想和她睡觉，有事没事，总要找膘儿肥。他明白了膘儿肥和锤子有事，他没挨打。哼，和锤子能睡，我狗娃人穷没啥，可那玩意儿也是有的，咋就不能？

终于有一天，狗娃尝到了锤子的厉害。锤子的大拳，直打得狗娃头上起了几个大包。狗娃吃了亏，想在锤子的娃娃身上出气。那天，狗娃用一块石头，使尽浑身力气，投向锤子的娃娃。可惜没打中，狗娃又被打了一顿，直打得鼻青脸肿。

后来，锤子当了队长。某天，在大洼上锄先麦，狗娃被锤子提在领上，当着全队干活人批斗了一通。下午，锤子听公社干部说要一个出身贫农的年轻人到地区参加培训，就立马打发人把狗娃带走。锤子想着给狗娃先寻个吃饭的地方。再说，培训就是集训，集中起来教训。锤子也省心。

狗娃就这么稀里糊涂，卷着一包破烂行李，离开他大，离开老庄走了。狗娃的离去，一庄人谁也没在意。

半年后，锤子被公社干部叫去，让他到师范领人。狗娃看到锤子高兴，半年没见老庄一个人，他想了。锤子看着狗娃像过了冬的毛驴，饿相不见了，心里纳闷。

咋啦？

尿床了！

尿床都管？

尿报纸上了，那上面有人头像……

锤子大惊：这还得了，你不要命哪？

不是故意的，没防住，再说也就一张报纸，又不是真人。

啪！重重的一巴掌扇在狗娃的耳朵上。狗娃只觉嗡的一声，就不知了东西南北。锤子给管事的说了许多好话，没有把狗娃领回。

两年后，狗娃回到老庄。没过几天，被教育局分配到山里教学，就是锤子当年背炭的地方，那是个苦地方。狗娃从此成了公家的人，每月能领到二十二元五角的工资，三十一斤粮票。不仅如此，每个月有差旅费、书报费，取暖的烤火费，生病的医疗费都发。就连头发长了也发钱，叫洗理费。

狗娃变了，变成了头枕银行，脚蹬粮仓的人。狗娃得意，哼，瓜子天养着哩！

锤子总弄不明白，让培训、劳教，咋弄出了个公家人。狗娃在他眼里屁都不是，从不把他放在眼里。可眼下没办法，狗娃百屁不懂，但已经人模人样了。

狗娃的吃穿有着落了。他需要女人，要找老婆。老庄以及满川人都知道狗娃是公家的人，可没有一家愿意把女儿嫁给他。狗娃的名声不好，好吃懒做，游手好闲。但更要紧的是人们不相信狗娃会永远是公家人。况且，谁愿意把女儿嫁到一个只有一间小屋的爷父两光棍家，那不是明摆着跳火坑吗？

几年过去，狗娃的光景还是一个烂包。某天，狗娃大死了。老庄人草草掩埋，依然各过各的日子。

狗娃大死后半年，狗娃从山里领来了一个女人，带来了一个儿子。从这以后，狗娃家的院子一日三餐，顿顿冒烟，炒菜的油香味准时飘往四邻八舍。隔三岔五，男人女人的衣服晾在小院，花花绿绿，有了些许生气。翻过年，院里传出了婴儿的哭声，狗娃的女人生了个女娃。庄里女人挤眉弄眼，大概说这娃不是狗娃的种。

狗娃大过世三周年，是小院最热闹的一天。狗娃备了老庄有史以来最丰盛的酒席，请了全庄人等。由锤子主事，席一桌接一桌地过，酒一轮一轮地上。

锤子老了，可还是庄里的当家人和主事者。他一边张罗着众人吃好喝好，一边不住地夸赞狗娃。当然，更要紧的是说没有他锤子，就没有狗娃的今天。至于当年送狗娃教训的真实缘由，他锤子不说，老庄人心里知道。

过事情的当天，狗娃不收一份礼，更不要一分情，也没有礼簿。老庄人说我穷，爷父俩吃了半辈子，今日我替我和死了的我大还情哩。多少年来，老庄人把我不当半个钱的人，可我就是个猫儿、狗儿，也是老庄人养着，这份情我记着哩。山不转，水转哩，从今往后，老庄人谁再欺负我，看不起我，我就和他不成！锤子老爸，你说哩？

锤子满口应承着，边吃边说：是，是啊，大伙说对不对？

没过几年，狗娃女人带来的儿子长成了壮实的青年，已经成了小院里的顶梁柱，庄农活样样干得有眉有眼。本来就没操多少心的狗娃在山里教书，一周回老庄一趟。旁人都往川里学校调，他狗娃有自知之明，这事从没提说。山里娃娃少，他的水平又不咋的。平心而论，能教到啥程度就是啥程度。就这滋润的日子，还得感恩锤子哩。人嘛，知足就够了，还能有啥奢想。你不看世上，看看老庄，往日的烂包户，今日活得比那家都好；可往日的好过家，今日烂包的有的是。狗娃比着想着，心里舒坦，自在。有些时候，狗娃蹲在自家的院崖畔晒太阳，幻想着他家将来的光景：搬到了川里，盖起了砖房，堂屋里，金碧光亮；炕头上，儿孙绕膝，哈哈，好逍遥的日子呀！

进入幻境的时节，狗娃又开始哼哼，一如从前一样：

走进大门方方的院，
上房里修下朝朝殿。
年年修来年年的场，
年年的功名赶考忙。
老子做官儿知的县，
孙子进的是翰林院。
前院里修的是摇钱的树，
后院里要修聚宝的盆，
哎哟哟，啷里个啷！
聚宝盆里三支的箭，
养下的儿子翰林院。
青枝绿叶年年地长，
一年更比一年的旺。
一面长的是十样锦，
一面撑的古金的牌。
古金的牌上面叶儿多，
黄莺儿过来要垒窝，
哎哟哟，啷里个啷！

求　爹

求爹，是老庄的一台戏。

求爹走到哪里，都是一团的笑，真把人能笑死。

求爹生了一副小蒜头，圆溜溜的小眼，嵌在深深的眼窝里，滴溜溜地打转转。高高的颧骨，凸出的下巴，如三个小山包，中间夹着一张巧如舌簧的伶牙俐嘴。

这副行头配在一个瘦长的身段上，走起路来，迎风摆动，简直就是一个活宝，一副妖婆相。

求爹和他娘生得一模一样，只是他娘显得略为胖大些。大约他从他娘肚子里一生出，求就直愣愣爹着，所以他娘就给他取了这个名儿，也是对男娃宝贝的喜欢。

求爹的本事可大了。他有很强的模仿力，学谁像谁。老庄人的特征他抓得很准，无论老汉、婆娘、大人、娃娃，就连公社驻队干部，凡是他见过一面的人，他都能尽兴模仿，即景生情，惟妙惟肖。

求爹学七婆，瞬间活灵活现，能把人笑得肚皮开裂。

求爹学屁汉，登时能放出屁来，能把人笑得岔了气。

求爹学老陈，一口的官腔出来，确实还像模像样。

但是，生活并不是这般的轻松，吃饭、穿衣现在看来极为平常的事，在那个苦难的岁月毕竟是头等大事。好在求爹心眼儿多，他能看出些门道。

上庄老四做得一手好木活，走东家，去西家，尽管是个力气活，费劲儿，但走到哪家总是桌儿上，盘儿下，我咋就不跟着他哩。再说呐，他的两个徒弟自打拜他做了师傅后，他们的生活过得很滋润。可就不知道人家收不收他这个徒弟？

求爹是聪明的，自打定学木匠的主意后，路头路尾，有事没事，就往老四跟前凑。碰上老四不是装锅旱烟，就是殷勤地从老四肩上抢下工具箱自己背上，送着老四要去的地方，或者送他回家。

老四的毛头小子爱看小人书，求爹会千方百计给他寻。有时候，那小子头发长了，求爹便领到他家用推子给拾掇得干干净净，精精神神。

经过大半年的拉关系，套近乎，求爹在那年八月十五，提着一包点心，由他娘领着来到了老四的屋里。

“他老哥，你看求爹一门心思要给你当徒弟，学门手艺。今个，阿姨我把娃带来是给娃拜师傅来咧。他老哥，说啥，你也要收下哩！”求爹娘说明了意思，等待着老四的回话。

老四“吧嗒吧嗒”吸着旱烟没言传。

求爹说：“老哥，说不了你麻烦，你就把兄弟收下。兄弟没多少力气，有多大的力出多大的力，一门心思给老哥打下手。”

老四架不住娘俩老哥长、老哥短的情分，再加上老四老娘和女人的撺掇，终于把抽为灰烬的旱烟锅在布鞋底上敲了两下，说：“成，木工是个力气活、眼色活，娃没多大的力气，可有眼色，先跟着试吧！”

求爹娘眉开眼笑，手摸着儿子的圆头，按在脚底下给老四又重又响地磕了三个头，千叮嘱，万叮嘱：“跟着你老哥好好学、好好干，千万千万不要给你老哥丢人呀！”

老四说：“兄弟呀，干这行，吐口唾沫就是个钉子，人家的活有时辰，有日期，咱把自家的油缸倒了，也要把人家的水缸按住，千万不能误了人家的事！”

求爹头点得跟鸡吃食一样，满口地答应，满口地应承。

从此，求爹跟着老四给四邻八庄盖房子、做棺材、修农具、做家具，有木活干木活，没木活干农活，一直干了五六年。师徒两家关系很好，师徒二人没红过脸。

那年春节前，庄里要唱戏，唱样板戏，大队搭了个班子，爱耍的求爹自然成了一名业余的戏子。在戏班子里，他是导演，又是演员。

演《白毛女》，求爹把他娘的一身衣服从头到脚穿戴扎绑起来，涂红两个脸蛋，登时上台，一个地主婆的形象活脱而出；演《接闺女》依然是这个扮相，只是鼻梁涂了点白色，手里多了根烟杆。大幕拉开，椅子上的几个动作，几个眼神，顺着戏路下来，一个爱闺女爱得出奇的妖婆相活灵活现，满场子一阵一阵的笑声，抖得老庄人浑身发麻。

老庄的文化单调而苍白，求爹以一个庄稼人的天才给老庄，给老庄的男男女女带来了几丝欢乐。只可惜，有多少这样的土艺人，最终被淹没在了茫茫的生活之中。

求爹有自己的爱情和幸福。他的女人在地里干活，出的力比他大，背的柴比他多，吃的苦比他多。她全心爱着她的男人，为她的男人养育了几个男女。在她的心底，老庄百头十号男人里，她的男人是最能干的。这种对男人的爱时不时在和庄里人劳动的过程中，在田间地头，在放工回家的路上，以及在戏场子里所表现出的细节，都足以反映出来。其实，单从力气活，从一年到头所挣的工分上看，是这个女人在养活着她的男人。但是女人无悔，心甘情愿。

可终于有一天，女人所爱的男人，老庄的笑声，连同老四的徒弟，悄然消失得无影无踪。多年后，当老庄的父老乡亲经过大洼上一座坟头的时候，一个老妖婆的影子依然在闪现，一个机灵农民的声语依然在飘荡。似乎他仍然在另一个世界，和他的父母在地里干活，和他的乡亲在台上唱戏，和他的女人在巷子里说笑。

而且，《小放羊》的腔调总会和求爹扭腰摆脖子的身影显现在老庄的旮旮旯旯。

什么子开花手拖手，
什么子开花老两口，
什么子叫唤把头抬，
什么子叫唤屁出来？
豌豆子开花呀手拖手，
荷豆子开花老两口，
鸡娃子叫唤呀把头抬，
黑驴子叫唤屁出来。
什么圆圆在天边，
什么圆圆在地边，
什么圆圆街上卖，
什么圆圆在面前？
月亮圆圆呀在天边，
葫芦圆圆呀在地边，
西瓜圆圆呀街上卖，
晴晴圆圆呀在面前。
什么有腿不走路，
什么无腿游九州，
什么有嘴不说话，
什么无嘴闹喳喳？

板凳有腿呀不走路，
扁担无腿呀游九州，
茶壶有嘴呀不说话，
三弦无嘴呀闹喳喳。

二　姐

“二姐回走！”

“二姐姐！走——回走！”

“姐回走！”

麻鸟在坝上的大柳树梢不停地唤着二姐，在洼上杨槐树林子里不停地叫二姐回来，直叫得一庄人好不心慌，直听得二娃娃滴着眼泪。

麻鸟，日复一日，年复一年，从春到夏，从夏到秋，叫了多少个春秋，叫得满山满洼一片凄凉。

二姐啊，你去了哪里?

二姐是大太爷的二女儿，模样长得俊，自小心灵手巧，惹得一庄人喜欢。小时，二姐穿着大太太做的红肚兜，上面绣了黄金线的月季花。浓浓的头发扎着两个粗粗的长辫，在老院跑出跑进。

二姐的眼睛大大的、圆圆的、黑黑的、水灵灵的，就像她的伙伴小白猫的眼睛。那小白猫总是跟着二姐，一刻也离不开。

二姐长大了，心花了，看上了西庄的二娃娃。这是一对金童玉女，般配得跟老纸匠给八十太爷灵前糊的两个鸡蛋头娃娃一样。

二姐要嫁人了，但没有嫁给二娃娃。老阴阳说二娃娃是正月的龙，是男命明破的铁扫帚，倘若犯冲，对女家不利。就因这，硬是活生生冲着一对夫妻。

可是，二姐硬要跟二娃娃。就因这，两家硬是磨着。有一天，媒婆领着邻庄的八哥到二姐家说媒，二姐不愿意。又有一天，据老阴阳说是个好日子，八哥家到老庄接亲，二姐突然不见了。老庄的人都去寻，“二姐、二姐”满庄里喊，寻遍了沟沟洼洼。后来，在大坝边的大柳树底下寻到了二姐的一只鞋。再后来，从大坝的泥淖中捞出了二姐。

二姐没成人，进不得老坟，只好埋在鸡叫子沟埋死娃娃的地方。

埋二姐的那天，大太太趺绊着，不停地叫着：“二姐，走回走”，“狗狗，跟娘回走！”。

二娃娃从那天开始傻了，整天忽高忽低、断断续续喊着：

“二姐姐——走，回走！”

不知从啥年啥月，大太太的音调、二娃娃的声腔，以及老庄人呼唤二姐姐的声音被老庄的麻鸟听会了。老庄的麻鸟叫，邻庄的麻鸟学，叫着学着，一山一洼的麻鸟都这么叫。甚而被好事者抓进笼子，送到镇上和城里。但好像没有了老庄的叫得真切。有的人甚至用布捂着、盖着学，能不能学得会、学得像，便不得而知。

竹子客

老庄把贩竹子、编竹活的人叫竹子客。

老庄的竹货，在方圆百里有名气。老庄人勤快，都想过好日子。他们从关山马鹿铺，或秦岭甘泉镇贩来竹子，家家户户利用天阴下雨，饭前饭后的时间，把竹子划成竹篾，再用温水把竹篾泡软，编织背篼、驮笼、席子、鸡罩、绊笼、罩儿等等各种农具，积攒下来，在四月二十八、正月二十的山货集上出售，换些一年的销使。

编竹货，在老庄就像关中人唱秦腔，是拿手好戏，家家户户大人娃娃都能来上几手。但活儿做得有区别，在灵性，在手劲。竹活尽管人人都会，精到的就那么十几家，六爸就是其中之一。

六爸，高大的身材，钳子一样的手，宽厚的肩膀曾经扛过枪，出过国，上过战场，但没立过功。每年腊月，大队捎来一张年画，尚能说明他曾当过兵。

老庄看到的六爸，总是左肩高、右肩低，右肩上斜挂一个背篼，左胳肢窝夹着一把铁锨。出工的路上，或是巷道谝传，见柴棍拾柴棍，见粪便拾粪便。一张小凳子经常不挪地方，一个大老碗也常放在凳子旁边，人们的感觉他永远不停地在那里忙活。三间房的堂屋脚地长年累月放着划开的竹篾和永远编不完的竹货，山墙根的竹货摞到房顶。六爸做的活儿结实，光堂，不扎手，耐用。逢集的日子，六爸收拾竹货，一个套一个，像一座高山，叫儿子们用架子车拉着，用骡子驮着，自己背着去赶集。十几里的路，六爸撒开大步，嘴上衔着报纸卷的喇叭筒旱烟，能燃着十几里的路程。

和六爸一样，四爷的竹货更认卖。但四爷好像三天两头去赶集，边做边卖。四爷总穿一件翻羊皮袄，头戴火车头皮帽，叼一杆老长的旱烟锅，鼻涕和涎水吊在胸前。大约是常年蹲着编竹货，内气不畅的缘故，四爷赶集走路屁响个不停。老庄人开玩笑，让四爷能放几个就放几个，能响几里路就响几里。六爸的喇叭烟四爷的屁，十里的路程不断气。

曾经的年岁，禁止单干搞集体经济，成立副业队竹活组，六爸和四爷都是骨干。竹子客集中起来，在场院编竹货的情景，颇为壮观。可谓八仙过海，各显其能。

那些年，家家吃不饱，到处不富余。马鹿铺的老回回顶着风雪往老庄贩一回竹子要一天两夜。老海和老哈一对回族兄弟也实诚，吆着骡马来老庄，总忘不了偷着给六爸几把竹子。六爸也讲义气，私下帮回族兄弟捎带的蚕豆换几十斤玉米面。后来，政策越来越紧，马鹿铺的竹子运不出，六爸只好联络几个哥们赶夜黑到甘泉偷着背竹子。严寒三冬，爬山过河，腿上的毛裢被冰水冻得脱不下。有几次出门几天回不来，是被那边的人抓住在当地劳教了。但回来还得再次冒险去。不去，一家七八个口张着，三四个娃光着身，吃穿从哪里来啊！

竹子客，这个农耕经济的产物在老庄延续了多少年、多少代，没人能说清。忽然有一天，六爸中风偏瘫，倒在了炕上就再也没起身。又不知哪天，经常放响屁的四爷也在老庄消逝。六爸、四爷以及曾经赖以生存的竹活行当终结，间或在某个农耕风情园似乎尚能见到竹子客的杰作。

竹子客，这个赖以支撑生计的营生，也成为老庄的过客远远地离去。

旋黄雀

五月五一过，雀儿就不停地在四山八洼叫着“旋黄旋割”。

天，一天比一天热。河对面五爷庙梁的阳山地麦子开始黄了。该收割麦子了，雀儿提醒着老庄人要抓紧收庄农。要不，一场白雨或冷子打下来，一年的庄农就糟蹋了。

一开始，老庄人掮着绳，夹着镰，在自家的地畔转着看。有黄透的麦子便赶紧下镰收割。过不了几天，麻利人会打上一些新麦，磨些新面，由女人先给娃娃烙几坨花馍。巷道里闻到香喷喷的新面味，进到院里便会看到留着刘海头发的儿子娃和扎着小辫的女子娃骑在厨房的门槛上，手里拿着做成麦蝉形状的白面花馍，大口大口地往嘴里塞。门旁的黄狗目不转睛地张望着娃娃手里的馍。女人们还会用新麦面烙成圆圆的，大大的馍，上面用顶针压成各种图案，用头巾包着，夹在胳肢窝，去到邻庄的娘家转亲戚，相互传递着开镰后收麦子的情形。

夏至一过，从川里到塬上的麦子一天挨一天地黄。庄门口就会有后山来赶场的麦客。早晨，麦客们肩上搭着袋子，胳肢窝夹着刃镰架，三五成堆地蹲在大路边的房檐下，等着前来雇他们的掌柜。经过一番讨价还价，麦客们被三三两两地领着上地。

川地、塬地和山地不是麦点子，就是猴儿顶灯的小垛子，麦客和掌柜甩开膀子，挥动着刃镰，一字排开收割麦子。许多时候，突然一阵风起，一片乌云，几声闷雷，几个火闪子扇起，顷刻间大雨直泻下来，四山八洼的老庄人便急忙收拾着满地的麦点。护好麦子后，庄农人便一手压着头上的草帽，披上塑料纸，挽起裤腿，拼命地往近处的窑洞，或者自家的院里奔跑避雨。

一时间，通往田地的路上山水横流，路被踩得稀烂。有些时候，刚跑回院里，便会雨过天晴，但地里还是进不去人的。再说，被雨下湿的麦子收割回来，垛在场里会发烧发霉。于是，男人们脱了被雨泡湿的衣服，晾在房檐下。女人们会把他们沾了泥巴的裤子、鞋子洗干净。

这样风吹日晒雨淋的日子，伴着“旋黄旋割”的雀叫声将要持续到七月十五处暑左右。这期间，除了“旋黄旋割”，老庄树上的麦蝉叫开了，老庄山坡上的蚂蚱也成天吱吱喳喳，整个老庄充满鸟语虫声。它们以特殊的身份，参与这个特殊的季节，用它们特殊的灵性，与老庄的人一同度过这五黄六月的三伏天。

所有的麦收活儿干完，“旋黄旋割”、麦蝉，还有蚂蚱们不知不觉退出了这个火红的季节，代之而起的则是秋虫唧唧的秋天。

但第二年、第三年……它们依然会守时地不约而至，如期传递着收成的信息。这候鸟候虫，这周而复始的物候，承载着大自然的使命，与老庄人世代为伴，无始无终，共同构成了生命的历程。

老　裘

老庄的农民列传不应有老裘的份，更不应有小裴。但老裘和小裴是不能被遗漏的一对人物。

老裘和小裴在公社食品站，裘在上，裴在下，是上下级关系。他们来到老庄收购生猪鲜蛋不零卖，是一对好搭档。

老庄的粗识字人认不得裘字，就连会计也常常把“裘”字习惯性地写成“装”。至于裴，老庄从先人手里就念“皮”。

老裘个大体胖，面色红润，大鼻子，肥嘴巴，大棉袄一披，就是一副天生的官料。而小裴尖嘴猴腮，瘦小身材，一顶蓝制大帽扣在头上，像只猴子。小裴常跟在老裘的屁股背后，就是老裘的尾巴。

老庄人养肥了猪，就如盼星等月一般，等盼他们来收猪。老庄人缺粮缺钱，几家人大半年供奉着的生猪，能划个几等，能不能完成公购任务，全在老裘的嘴里。

冬至一过，这两个搭档就会一前一后出现在老庄的巷道口。元旦过了是老年，公社张书记的头，王主任的腿，李所长的肋，赵经理的下水，吃公粮、拿工资的城里人，大嘴张着等猪肉。公社的文书必须如期逐一贴上标签，该送的送，该发的发。他们俩能不到老庄来吗?

来了，老庄人要像老庙的爷一样供奉伺候。那年，老裘和小裴来了，谁知他们不收猪，要搞社教。上面说了，要住穷人家，住在穷得叮当响的屁娃家。

屁娃当然很乐意，能在自家住大干部简直是三代修来的福。他想着沾些光，最不行，自家的老猪婆得划个上等货。

屁娃婆娘一年四季锅里滴不了几点荤油，却做得一手好汤头，巧妇能做无米之炊，也算老庄的满巷香。晌午，婆娘爨起灶火，烧得二尺大铁锅通边热。一根筷子在清油瓶里一蘸，顺着锅底一划拉，将刀刃上切碎的一簇小蒜放到锅里，登时，铲子响起，噼里啪啦，哧哧一炼，满院的香气。两碗醋拌汤上了桌儿，一盘软酥饼也端了上来。

当婆娘把一小碟冒着热气的炒鸡蛋端上来时，趴在炕沿边的屁娃儿子直哭直叫。这仅有的两颗鸡蛋，屁娃儿子在鸡屁眼儿盯了老半天。他等着明天要用鸡蛋换本子，咋就猛地吞进了老裘的大嘴呢？

老裘是个好人，嘴里憋着一口鸡蛋，叫小裴从干部包里取出一个本本，红塑料皮的，给了屁娃儿子。儿子高兴得疯了一般。

屁娃一家好生伺候这一对搭档。往日里，屁娃看得多了，谁家的猪能上等达标，卖好价钱，跛子耕地由牛着，瞎子寻乐由球着，全在老裘一句话！

天黑睡觉，犯难了。先人留下的三间破房子，一头炕连灶，一头老猪婆偎着三个碎猪娃。

老裘自然要睡在炕眼门最热处，屁娃是要把边的，只好把婆娘、娃娃，和小裴夹在中间。

小裴有些不自在，被老裘训了一顿：碎娃睡觉有啥难为情的！小裴只好不情愿地服从领导，服从老裘，睡在老裘与婆娘中间，脚下是早已酣睡的屁娃儿子。

一个晚上，一边是老裘的鼾声，如雷贯耳；一边是老猪婆的拱圈声，如贯耳雷。小裴经受了整整一夜的严峻考验。

早起的老裘，在门口系鞋带的工夫，不经意发现了门旁的猪食盆。

老裘用手指一揩，呀，这不是周朝肉食者周赧王的青铜缶嘛。老裘是个识古董的主。他不动声色，临走时跟屁娃婆娘说，用一个洋瓷盆子换一个猪食盆。老裘出此言语，把婆娘惹得笑岔了腰。她言道：看老裘吵，收猪连烂猪食盆都爱上了。换啥呢，你拿走！要给给个洋瓷盆子，我洗脸。老裘也是个义气人，果然给了一个新的洋瓷盆子。

冬至阳生春又回。快到年关，老裘和小裴又像季风一般如期而至老庄。

老庄沸腾了。男男女女，大人娃娃，跟着老裘和小裴满巷子转，满猪圈看。肥猪瘦猪被老庄人追得东奔西逃，拱墙咬人，真如杀猪般嘶嚎。老庄的当家人和会计，一个掮着秤，一个夹着账本，跟着老裘和小裴，对全庄的生猪定等论价。看妥了的，老裘在册子上一圈，还得由老庄人送到食品站。你吆着好、抬着好、用架子车拉也好，反正送到指定的杀猪场就行。

屁娃家的老猪婆干瘦如柴，皮包骨头，定为头等，婆娘有些舍不得，屁娃乐得偷着笑。屁娃儿子可高兴啦，真是送出了先人，再也不用中午放学拔猪草，晚上放学垫猪圈了。

上庄愣赞倔脾气，不巴结，还丢凉腔咒老裘。体态和老裘一样的约克夏胖猪，皮毛光滑，项肥墩厚，硬被老裘定了个三等。众人抬着嚎叫的猪过秤时，眼睛瞅着，少算了十斤。小裴说，不对，把秤砣再往外挪。老裘说，你娃认不得秤，不对个求。其实，愣赞这猪已没舍得喂食，喝了一天的水足有近十斤。

当家人和会计附和着：小裴，好好跟老裘学，不然，你一辈子都是个三等货。

老庄人起哄大笑，帮着把近三百斤的活猪夹了大板，五花大绑，让愣赞背出老庄，背到了城里人的碗里。

委屈的愣赞哭丧着脸起了程。这头猪收不上，几家人今年不发布证、棉票、煤油证，来年分不上口粮不说，完不成任务，那简直是老庄的耻辱。

多年后，食品公司倒闭了，食品站散摊了。老庄人进城还看见过老裘，只是圆润的脸上如他当年过了秤的八眉猪有了许多皱纹。高大的个子依然，但背是驮了。至于小裴，听说当了一个指头蛋大的官，只是没人再见过。

芟 麻

立秋前后，老庄及周边一色的墨绿。

先麦抽着缨子，黄豆叶、荏子秆、洋芋蔓，都在轻风中泛着一片的绿。最显眼的是河畔肥沃的地里齐刷刷的麻，像栽植的树木一样满地的绿。

谷雨前后，精明的老庄人会把早就预留的上好川地，整顿得如地毯一样绵，撒上麻籽。四月天，麻籽生根发芽，一根一根如马尾粗的麻苗破土而出。这样的时候，人们会看到老庄的川地里，戴了蚂蚱腿眼镜，被晒得面如青铜一样的老人，小心翼翼地用小锄锄着麻。嫩脆的苗往往粘在皮上，一不留神会碰断。这样的农活只能由有耐性的人去干，而锄过一墒的麻地往往要四五天。

七月头上，一片一片的大麻林足足有丈二高。这个时候，老庄人会把地里长着黄叶的雄麻一枝一枝地拔出来，让花麻有更为充足的生存空间。

白露一过，秋老虎挣扎着风干万物，粗硬挺拔的麻茎上顶着繁盛的叶子和麻籽。老庄开始芟麻了。人们拿着锋利的芟刀，肩上搭着厚实的麻口袋，一根根地把麻条芟倒，捆成一小捆，放在被麻林覆盖了几个月，阴潮如泥的黑土地。麻地里各种昆虫野物像被包围的敌人愈集愈密，其中以蛤蟆最多。这个季节，麻地是繁忙而热闹的。男男女女忙着芟麻，女娃在芟过的麻地拾小蒜，馋嘴的女人坐在麻捆上搓麻籽，嗑着嫩籽。地里躺着刚芟的大麻，路上的男人女人背着掮着大麻。老庄人把一捆一捆的大麻搬运回来，在自家的院里芟去麻头，麻头上面是麻叶裹着的麻籽。有的人干脆两人一搭伙，一把一把地用夹子捋下麻籽，摊在阳光下晒干水分，再脱出麻籽。

脱干净的麻籽，除留些来年的种子外，其余的果实有的卖钱，有的当干果自个儿嗑,有的做成麻腐包子或扁食,是老庄上好的美食。

脱去麻籽的麻茎，老庄人把它捆成小捆，掮到事先在沟河边挖好的小麻池，一捆一捆放进池里。池底用麻叶或草铺垫，以防麻被泥污。麻上面也敷上麻叶之类，压上石头，以防石头创伤麻皮，再放进清水，让麻茎在水里沤着。沤上十天半月，从池子里要及时捞出，怕的是皮麻脱骨。之后，一根一根摊在闲地里晾晒，一面晒白后，再用麻秆翻过，以利于全身滋润露水而变白，这样沤出来的皮麻有韧性，色泽白，耐卖。麻茎晾干后，老庄人把它收起来，一捆捆立在房檐下，或是垛在屋里，等到天阴下雨地里干不成活儿时，再长年累月慢慢地剥皮麻。当然，皮麻又是老庄的一大收益，可以卖钱，可以做麻鞋，可以合绳，可以织口袋。就连剥尽麻皮的麻秆，早年也是老庄人点火的上好材料。谁家做饭烧炕没火种，叫娃娃拿根麻秆去邻居家，立马就能点来火种。

麻地多是好地，有这地的往往是上等人家，有的自种，有的租给他人种，租者一般五五或四六分成。就是到剥麻时，没麻的人给有麻的人剥，麻皮归主，麻秆归己。

大麻，从一颗饱满的种子落地生根，到嫩芽顽强地破土而出，再到长成笔直刚劲的麻秆，浑身上下，耗尽无遗，质朴而珍贵，屑小而用广，似乎就是老庄人的一生写照。老庄人用麻织成的麻布吸水慢，散发快，保温透气不起皱；用麻织成的麻袋结实耐用；用麻合成的麻绳，更是用途广泛。老庄的女人们把麻叶列成辫，盘成鞋底，用麻绳左右穿紧。再在鞋底周边栽上精致细麻绳，做成鞋帮，并一个一个地串起来，然后做上鞋鼻梁。鞋做好后，用木头做的楦头把鞋鼓起来，模样俊多了。细心女人还会用土布把鞋帮边子包起来，看上去更搭眼。真所谓："革皮之良，莫贵于麻，用无不给，服无不加，至物在迩，求之好遐"。

老庄的麻鞋，不仅使老庄人，乃至更多的游子踏遍了尘世之路，饱尝了人间的欢乐与艰辛。那些年打日本，老庄来了大城市的学生娃，看到老庄人芟麻，写下了《观芟麻兴感》："此乡种麻农亦苦，耕耘芟绩手亲操；冬来更无一日闲，女须编鞋男索绦。可怜麻价贱如故，交通阻塞少销路；但知结绳编麻鞋，不谙析丝织麻布。布价高，麻价低，岁暮无衣风凄凄。"当年，民国元老于右任先生路过，看到老庄芟麻的情景，写了这样一首诗："县城下，麻油油，被四野。老农自矜产麻好，并谓麻鞋制作巧。闻客明日西南行，愿助轻足赴蜀道。吾闻昔时杜陵叟，曾著麻鞋兵间走"。

老庄的麻鞋更是见过大世面的："麻鞋见天子，衣袖露两肘。"杜老夫子当年的光景与老庄人无异。人生在世，多些时候，大致如此：麻鞋底下，没有平坦的路！

火　炕

火炕，用土坯垒起，泥巴抹光，烟洞朝天，炕洞朝院或者在屋内，烧干后，炕面撒上麦草，出一身汗，去了潮气，便是一片小天地。

老庄人几辈子就图个吃饱穿暖。一出世就张着口讨食吃，一生像驴一样，为一张口出苦力，与驴的差别是还要操记着这火炕的口。如果说养家糊口是他们辛勤劳作的最终归宿，那火炕就是人生旅途难得的温馨港口。

火炕，以它冬暖夏凉的特性构成了老庄人生命的一部分。老婆娃娃热炕头，是男人们的生活向往。为老婆、为娃娃、为这热炕头，他们终生为之奋斗。

一年四季，确切地说在进入秋冬时节，老庄人每日要花更多的时间收拾烧炕的柴火。男女老少到坡上去割柴，到林里去扫树叶，到洼上去拾干牛粪，到沟里去捡干柴火。总之，一切可充燃料的东西，都要一背一背地背回，供着日日所需的取暖原料。

阴雨连绵的日子，狂风怒号的夜晚，大雪封门的时光，勤快人家的火烧得总是热乎乎、暖烘烘。

老庄火炕的格局，一般一个屋内盘一面炕，正屋爷婆睡，次屋爹娘睡，侧屋或偏房则是儿子儿媳睡。于是，人口多，辈分多的家庭要三四面炕，这敞着的炕门洞同样像一张人嘴一样地张着，要吃饱也很不容易。同时，烧炕也能体现出婆媳关系、夫妻关系、妯娌关系，这就看谁给谁烧。

上炕脱鞋是对主人的客气，能坐在上房炕上是对客人的抬举。男人们从地里回来，女人端上一碗热气腾腾的汤饭，饭一吃，嘴一抹，伸开腿躺在女人烧的热炕上，更是一种莫大的享受。

老庄人娶媳妇，再穷也要买片新席，再懒也要给炕面上重新抹一层稀泥。于是，两口子的男女事便从这炕上开始。

儿子女儿多的家，往往一个连锅连灶的偏房炕，就是洞房兼闺房，也像一个鸟窝，鸟儿们翅膀硬了都要从这面火炕上飞起，去寻求它们新的巢穴。

火炕在男女成婚的当天，是年轻人耍媳妇的场所。娘家人坐完筵席，送走后，老庄人便在这洞房里，在洞房的炕上耍新娘取乐。年轻人直耍到暖炕时，早先选定相属相合的人便将枣子、核桃之类的干果，一边抛撒在新炕上，一边用刚系了红头绳的笤帚在炕上扫得乱滚，说着“双双核桃双双枣，养生的娃娃满院跑”之类的话，满屋的人挤着吵着起哄嬉闹。这个时候，有人故意往炕洞里不断地添柴草，把炕烧得通热通红。因为暖炕后闭了门，再不能让两个新人出房。所以，新娘新郎炕热得不能睡，又怕把新被褥着了火，可风俗是不敢破的，只好在炕上蹲一夜。

这面火炕睡着的新婚夫妻，一两年后可能就得离开。因为要给他们的弟弟们腾出来娶媳妇，而他们或者在外面盖了三间新房，或者暂时赁居别人家的屋。分门立户，一切从头开始。他们的住处就显得十分地拥挤，也许这样的日子要过三年五年，十年八年，这就要看他们的本事了。

在这样的屋，一头是一面六尺五寸长、六尺宽，或方方六尺的炕，炕连着锅灶；另一头是牲口的槽和圈。

人和驴骡牛马白天一同下地干活，回到屋内，一同吃汤饭、吃草料。男人喂着牲口，女人喂着孩子。人和牲畜吃着的时候，牲畜闻到熟食的香味，人闻到牲畜的尿粪味。周而复始的共同生活，接受容纳着相互之间的感情。于是，人离不开牲畜，牲畜更离不开人。

在火炕上，男人和女人自然少不了亲热。当然，娃娃是不懂也不让他们知道和懂得的。而他们每次的状态，老鼠在屋梁上听得真切、猫在锅台上看得真切，驴和骡是亲眼见证了的。也许，此刻的猫在发愣，驴在嘲笑，但人不是驴骡，自然不会懂得它们在看到听到时的感受。

有这面火炕，女人们会十分自豪而理直气壮地像鸡窝里的母鸡，孵出一个个生命，体验着一个做女人的快乐。老庄也会因为这火炕延续着一代一代的生命，演绎着类似的生活故事。

绳　匠

每年冬季，农闲时节，绳匠都要来老庄。

绳匠高大的个子，身长六尺，宽肩直背，黑脸白眉麻胡子，戴一顶黑色圆礼帽，一派关爷相。他的须髯过胸，粗长跟马尾一般，可合一根绳。

绳匠从秦子铺来。那里是产大麻的好地方。秋天，一川绿油油、齐刷刷的大麻。芟过后捋了麻籽的麻秆，经涝坝的清水压沤，捞出来成片成片地铺满河滩，风干日晒，招引着贩麻的客商。

秦子铺的麻籽大而饱满，麻皮白而坚韧，人也长得像麻条一般端庄而帅气，是个出绳匠的地方。

绳匠来到老庄，冬闲的场院便排开了架势。屋檐下挂着一簇簇皮麻，场院里一头合车上面压着石头，一头拧车栽在地上，两车中间绷着三五根细绳。绳匠用拨夹般的大手摇着绞子，拉动沉重的合车。合车顺力缓慢移动，夹子依人力向前挪动。合大绳时，绞子要两个大力气少年匀速而有力地摇绞。绳匠有时在合车两边指挥操作，有时在几个夹子中间，调整着速度。合车这种简单管用的机械很原始，但祖祖辈辈人用的大绳就是这样合出来的。

绳匠常来老庄，和老庄熟了，也有了固定的落脚处，是蔫人家。

蔫人和绳匠年纪相当，但比起绳匠堂堂仪表来，不免有些形秽，比力气，那简直就是鸡娃和老虎。蔫人想，老天爷对待世人咋就这么不齐茬呢？他眼馋绳匠，简直就是神人。

蔫人婆娘是小脚女人，走路扭扭捏捏，腿脚不太利索，但却一直不闲着。一个院子，三间瓦房，外带厨房，里里外外收拾得很干净。冬天炕烧得很热，夏天炕上有个凉席。

绳匠住在蔫人家。婆娘把另一个窗子下面的木板床铺得绵乎乎的，打算自己睡，好让两个男人睡炕上。绳匠不肯，能留个宿就不错了，咋能让女主人家睡床呢？蔫人说，你俩甭争，炕大大的，睡啥床呀！出门人不容易，咋能让你受冻哩？蔫人婆娘不言语，绳匠也心怀感激，这样在蔫人家住了十来天。

那年，绳匠临走，给蔫人家合了两根驮柴的架绳，一根背柴的背绳。还给蔫人婆娘送了从秦子铺带来的上好麻叶，让婆娘作纳鞋底的细麻绳。

蔫人两口子都四十多岁了，连一个儿女也没有。眼看着老庄跟他们年纪相当的人，非但儿女成群，而且有的已经抱上了孙子。两口子心里煎熬，吃了好些药，想尽了办法，就是怀不上一男半女。为这根苗大事，两口子没少相互抱怨，抱怨后又相互抱着抹眼泪。人留子孙草留根，人生在世，草木一秋。眼看着就断了香火，在老庄总抬不起头。蔫人绝望了。眼见一天天老了，膝下无儿女，将来靠谁呀？

自从绳匠留宿他家，老庄一些调皮的男人女人时不时放出几句风凉话。蔫人也不在意，嘴长在人家脸上，爱咋说就咋说。

婆娘是个有心人，听到风凉话不免有些脸红，更让她劳神。那天，蔫人从山里背回一捆柴，婆娘给他端了碗馓饭，两个人在炕上吃饭。蔫人说绳匠合的绳真不错，好使。婆娘说出了几年压在舌根，说不出口的话。

“你说绳匠人咋样？”婆娘问。

“这还用说，人攒劲，也能干！”蔫人脱口而出。

“庄里人说的话，你咋想吗？”婆娘问。

“嘴长在人家鼻子下，你能堵住呀？”蔫人说。

“老年人说的古今里借腹生子的事是真的吗？”婆娘憋了多日的话终于说出了口。

蔫人猛然一愣，含在嘴里的馓饭吐了出来，直看着婆娘发呆。

婆娘给蔫人碗里夹了一口酸菜，随口说：“吃吧，算我没说！”

蔫人放下碗筷，掮了绳，夹着镰，又上山割柴去了。上了大洼，他看着一坡顶着白花，被风一吹，四山飘扬的野棉花，心里发愣。花籽落在哪里，全凭风吹。明年开春，在哪里发芽，全凭运气。坡上被割的干茬儿，春风过后，依然会长出青草。他慢慢抬起头，看着冬日里发白的太阳，感到一阵的刺目。唉，听天由命吧。

绳匠像候鸟一般如期而至，照例宿在蔫人家。有几个晚上，蔫人不是到五保户那里去逛闲，就是去窑里老汉家喝茶。蔫人平日很少说话，也从不喝茶，每晚出去，腾空一袋烟，回到自家门口，总要咳几声，才推开门睡觉。

这些时段，婆娘和绳匠自然没闲着，像合绳一样，越拧越紧。绳匠果然身手不凡，几番操作，把瘦小的婆娘如同狮子滚绣球一样，弄得骨酥筋软。婆娘也撒疯，被绳匠像一团面揉得魔火附身，着实地受用。

绳匠走了，婆娘有了。蔫人硬了，不管咋说，有了后了。

八月十五，山庄家家户户的树上长满了待摘的果子。蔫人婆娘坐月子，生了一男一女双胞胎。蔫人心中喜欢，盘算着给娃娃起个名。思来想去，给男娃取了个“男”，给女娃取了个“女”。一对小男女刚刚满月，蔫人婆娘得了病。请老先生抓了几服药，又抓了几服，但病没轻，人一天不如一天。临咽气的光景，朝门口强望着、挣扎着。婆娘终于没抗过一劫，在一双儿女过百天那天，撒手人寰。

婆娘咽气时，确是听到了绳匠的脚步，那脚步总是生风般有力。

铁　匠

老庄人口不多，但干啥的都有，七十二行，行行俱全。

火蛋是老庄门铁匠铺的徒儿。铁匠铺是早年火星爷开的。火星爷的铁活儿做得好，在老庄方圆有些名气，老庄人使用的镰刀、斧头、菜刀、锄头、铲子等等，都是火星爷打的。

火星爷铁锈般的脸庞上长着一对白眉毛，背是驼的，但手劲很大。老铁匠多日住在匠铺。铺子很简陋，一个土炕、一个砧子、一个风箱，看上去确有些道行。土炉的火不知多少年从没熄灭。叮叮当当的打铁声，从早到晚，时断时续，也不知响了多少个春秋。

人言打铁要看火候。火星爷的火候全凭炉中的燃料，手中的风。风箱旁有几个破木箱，里面分别放了木柴、木炭、煤块、焦炭之类。风箱的快慢，决定着火力的强弱。据老年人传言，火星爷的本事无师自通，全是自个琢磨积累来的。

火星爷打铁，年成多了，也积累出些绝活，一如他出世时眉毛就是白色一样，也有人说他是火星爷转世。刀刃活儿不在话下，锋利耐用，从不卷刃，大到旧世给土匪的大刀，小到老庄人用的锄镰，都有些名声。而他的绝活是给女人做绣花缝补用的铁针和钢针，打磨女人的各类首饰更是出奇地精致。这些小玩意儿很难想象是这样的小作坊造出来的。

那年，火星爷进城在集市上卖了铁货。尿憋得紧，就着县门旮旯撒尿，猛见脚下有一包裹，包裹里婴孩的叫声，把他吓了一大惊。火星爷俯下身子，抱起来一看：“我的爷，这娃咋一只眼！这是谁家的娃？”正寻思这事，猛见巡役大喝一声：“不看这是啥地方，快把娃抱走！”

这娃就是火蛋。老铁匠和婆娘抱养了这娃。娃在火炉旁长大，叫了火蛋。火蛋也就成了铁匠的徒儿。

老铁匠过世，婆娘也老了。火蛋成了铁匠铺的掌门人。别看火蛋只有一只眼，却是火眼金睛。老铁匠的浑身绝技，火蛋全承了下来。

后来，世事变了。铁匠铺被关闭，铁货一应被炼了钢铁。火蛋成了一无所有的穷光蛋。为养活老娘，火蛋偷着积攒置办了一副担子，走东串西，成了小炉匠。一年四季，掮着担子，早出晚归，在村头巷尾支起小炉，给人焊些破脸盆，钉些烂铁锅，干些小零碎，养活老娘。活儿干完，谁爱给钱就给，不给了火蛋也不在意。多些时候，火蛋混不饱肚子，但给老娘的吃货就是乞讨也要寻下，火蛋成了有名的孝子。尽管他很瘦小，浑身漆黑一团，一头的蓬发，也说不清几句话，但心肠好。世人都爱占便宜，都爱欺负好人，在他身上能占到小便宜，侮辱几句自个也开心，所以招人喜爱。

娘九十九上过世。在这个世上披星戴月，风尘仆仆混了几十年的火蛋，把全部的积攒用上给娘办丧事。他把拾来捡来的废铜烂铁，支起火炉，炼成铁板，给娘打了一副铁棺。还特意仿照自己的模样打了一个小铁人，埋入黄土里，一同陪葬了老娘。

瓦　匠

老庄是个自给社区，诸事尽量不求人，少花销。

老庄盖场房，需要瓦片。夏天，庄头提前安排人把早些年闲置的瓦窑拾掇好，把窑前的瓦场平整好，并叫泥娃把他先人手里留下的做瓦家当清理清理，该添置的由庄上添置。庄头给泥娃派几个男女打下手。因为瓦窑靠崖临沟河，加上老庄的水土柔和细腻，两三天就开始了活计。

泥娃指点着几个男女青年挖土和泥，盘做瓦坯的台子。男女们按着泥娃的指拨翻细土块，浇上适量的水，用铁锨和铁叉反复地搅拌。男女们手拖手，挽起裤腿在泥中不停地用脚踩，这叫插泥，为的是使瓦泥坚韧，到软硬适宜的时候，搭起一堵泥墙，苫上湿麦草或塑料布，等着泥娃一显身手。

硕大的倒柳树，被烈日烤得流汗，柳枝上不断地滴下水珠。柳树下是泥娃新盘的做瓦台，一应家什如厨房灶具般摆在台上。泥娃用一根带了铁丝的刮板，划开一片足有四页瓦宽的泥片，双手捧起，熟练地缠在瓦轮上，然后用双手执着瓦拍，匀速而有节奏地拍着泥胎，瓦轮依着泥娃的微力轻轻转动。

“啪啪啪，四页瓦，白雨来了下塌垮。”当泥娃把瓦胎拍好，面前的男人或女人会把瓦胎提下，顺手换上另一个瓦模。如此反复，一次做着四片瓦的坯胎。

男人或女人将瓦胎提到瓦场，小心地退出瓦模，回到泥娃面前，置换另一个贴着瓦胎的瓦模。这边不紧不慢地做，场上不紧不慢地晒。一袋烟的工夫，瓦胎就能立着。有时瞅不准眼色，一场猛雨往往会前功尽弃。好在泥娃不仅手艺好，也跟先人学了些看云识天气的绝招。这样，估摸有大雨时，泥娃不仅不做瓦胎，也会早早提醒男女们把晾干的瓦胎安全地码垛在瓦窑。

一两个月，瓦胎做好晾干，装好了窑，就等着点火烧窑。烧窑用的燃料是庄头安排年轻人早已在南山挖来的堆积如山的酸刺。这柴火性硬，烧着也耐。烧窑的人按照泥娃的点拨准确地掌握着火候。火大了，害怕裂了瓦胎；火小了，怕烧不熟。

瓦匠泥娃是精灵人，在制瓦坯的时候往往会做出带着龙头的兽脊，开着福字的哨眼，也给娃娃们捏一些猫啊狗啊的玩具，以及能传递先人声音的埙。

瓦窑烧上三天三夜后，便开始慢慢降火降温，而最关键的环节是祭窑。也就是用水从窑口往下降温，这样出来的瓦是青色的。倘若把不准火候水量，有时会烧出青白相间的花瓦，甚至使整个窑炸裂。这等紧要的事，老庄人都说泥娃的先人有诀咒，能掌控水门火门，并说泥娃也懂，只是秘不示人而已。也许有，但更多的恐怕是几辈人积下的经验，反正在老庄，泥娃从没有发生过炸窑的事。

那年，老庄的生产队散伙，瓦匠泥娃带着一家老小，靠这没人管的破窑，冬天挖刺备燃料，夏天趁热做瓦筒，秋天接着烧几窑。春天，四邻八乡盖房的时候卖出去，也挣了些钱，盖起了一院新房，给三个儿子娶了媳妇。瓦匠泥娃一家的日子在滋润地过着。

忽然有一天，老庄的能人从外地拉来了机器，办起了砖瓦厂，泥娃自主挣钱的门路断了。好在毕竟他是老庄泥瓦匠的祖师，怀揣着几辈人遗下的绝招，能人也不敢小看，请他当了师傅。

瓦匠失业，瓦窑废弃，成了野猫野狗闹春的地方，渐渐地淡出了老庄的视野。

毡　匠

老庄上院有三孔窑，三孔窑里养了一圈绵羊。这羊总共四五十只，交给二爷放。

羊圈由队里派人垫，羊粪由队里派人出，羊毛由队里派人铰。

二月二，龙抬头，四五十只羊浑身的毛厚墩墩的。队长派了十几个婆子，由会计领着去上院铰羊毛。会计和二爷负责抓羊，抓住一只，绊倒在地，捆了四蹄，交给一个婆子铰毛，铰完后，放开四蹄归队。会计负责称羊毛，二爷负责磨剪刀。

这是个热闹场面，一团的膻骚气味弥漫上院。羊被追得满院乱跑乱叫，有相互斗角的公羊，有寻着配种的骚胡羊，有挣开一条腿在地上翻滚的母羊。会计说着风凉话，二爷随声附和着，惹得众婆子扑哧哧偷着笑。躺着的、跑着的公母羊挣扎着挣出尿水，滚出的羊粪蛋蛋，一如女人们的笑声在地上跳跃。

铰下的羊毛，有一部分要交公，有一部分要分给老庄各家各户。交公的，支援了公家建设。分给大伙的，少了攒着，多了能派上用场。农闲时，老庄人把分来的羊毛，摊在脚地，用竹子不停地抽打，弹化羊毛，腾去尘土。在老庄，经常能看到一些男人胳肢窝夹着一团羊毛，手里吊着一个扎了竹棍的洋芋垂子在捻线；也经常看到女人们闲了夹着毛线织毛衣，织出来的毛衣、毛裤、毛袜一色的土白。给娃娃挑的暖帽也是土白色，戴在头上，裹着红扑扑的脸蛋，还是可爱的。也有一些女人用红、黄、黑土染料染出一些有色泽的衣物，但很容易掉色。臃肿的毛衣穿起来，一如老庄人实在憨厚。

在老庄，炕上有席是福气，席上有毡是洋气。谁家炕上有一条羊毛毡，那是奢侈的象征，但要擀一片毡，也不是一件容易的事。一片毡用的羊毛，要攒上几年才能攒够。

老庄没有毡匠，关山马鹿铺有。农闲的时候，马鹿铺的毡匠下山，来到老庄，抽时间支起场子，昼夜不停地擀几片，得了工钱走人。

常来老庄的是哈爷。深秋八九月，麦割了，先麦也收了，在这个空闲季节，哈爷来了。哈爷五十七八岁，大鼻子、肥下巴、茬茬胡，头戴白土布小帽，蓝土布大褂，黄裤子裆很大。哈爷背着弹羊毛的弓，以及一应家什，一进老庄，娃娃们就跟屁股后喊："嘣当嘣，二两羊头塞裤裆。"老庄于是知道毡匠来了。

哈爷在谁家支摊子，谁家就专门腾出一间房来。哈爷先弹羊毛，把一张大弓挂在房梁上，弓弦对着地上支起大筐篮，往里面不断地放一些铰下的羊毛。哈爷一手弹弓弦，一手用竹签挑羊毛，抖羊毛，带了浓浓嗡声的弓弦嘣当嘣、嘣当嘣，响个不停，弹得满屋尘土弥漫，骚气难闻。弹尽尘土的羊毛取出，扫尽筐篮的尘土后，又放上新羊毛。如此这般要弹一天或半天。弹化了的羊毛，一层一层压在脚地的油毡上，再洒上带粘的水，然后用一根圆木做轴，卷起毡坯，用一双光脚踩住，两手牵着的皮绳系在中轴的两头不停地擀。一片方方六尺的羊毛毡，要擀一两天。直擀得结板瓷实，压干水分后，才能交给主家一片成品毡。

不知哪年月哪个毡匠在擀毡时偷了羊毛，因而，留下了一个大裤裆的毡匠形象和一句童谣的毡匠名声。哈爷在老庄没偷过一根羊毛。常言说，擀毡的没毡帽戴，哈爷还是艰紧人，出门营生也是混口饭吃，挣几个小钱而已。他弹毛擀毡时，顾主和看热闹、谝闲传的人，始终围着他。哈爷给老庄的毡扞得瓷实不起毛，因而，几乎老庄所有的毡都是出自哈爷的手艺，哈爷也成了老庄的上宾。

擀一片好毡，老庄人十分珍惜。晚间睡时铺开铺展，早间起来卷好，放在炕柜上或是立在炕旮旯。当然，有尊贵的亲朋做客，白天也平展展地铺在炕上。亲朋也知趣，必是脱鞋方可上炕入坐。因而，老庄心目中的悠闲老太爷，必是炕上铺了羊毛毡，眼前放着大炕桌，旁边放了铜火盆，火盆里面煨着茶，老伴陪着说闲话的一派风光。自然，哈爷擀完羊毛毡，也一定要受用一番这样的礼遇。

呼　郎

老庄把拄着T字搭拐，担着百货担，摇着拨浪鼓，做点小本生意的货郎称呼郎。因何称呼郎，一则些许是货郎的转音；一则这些生意人进得老庄，必大声呼喊招徕买主。

常来老庄的呼郎，问及家乡，大都说来自邻地女娲乡野湾里。呼郎们大致一个口音，满腔的“嘎、唔、㸫、嗷”，出口便是这般的惊叹语调。几个野湾里人在一起，女娲时代人类效仿鸟类咿呀学语、呼朋唤友的原始印记，如化石一般传存下来。

呼郎来到老庄，农闲时在庄头巷口、大槐树下、人来人往的显眼地盘亮开箱里的针头线脑、镜子、扣线、搽脸油、宝塔糖、胖得生、香烟、洋火，一边如数家珍地推介着，一边手搭凉棚，高声吆喝着“头发换针换线哩！烂麻鞋换糖哩！”之类。

这个时候，呼郎总是被女人们围着。女人怀里抱着的小毛孩，手里牵着的黄毛丫，以及腿底下挤着的愣头小子们哭着喊着闹着要这要那。女人们叽叽喳喳，挑三拣四，讨价还价。娃娃们叫着索要喜欢的东西，呼郎“嘎、唔、㸫、嗷”地招呼着顾主，还着价钱。调皮的男人在一旁怂恿起哄，如此这般做着乡里的交易。

女人娃娃有的提着烂麻鞋，有的拿着一簇或一团头发，有的从裤腰里摸出小包，翻腾着找毛毛钱。这边正在忙着，挑着选着，买了东西的又返回来嫌东西不好，骂上了当，埋怨买错了，要换别的东西。总之，在相互磨蹭的过程中，女人们得到了自己心爱的商品。货郎或得了小钱，或收到了自己认准能再倒腾利钱的杂七杂八的东西。

曾经的一段，呼郎来老庄，担子里仅有极少的货，搭拐成了打狗棍，里面装着大大小小的馍疙瘩、黑面团等等干的熟的生的食物。呼郎成了讨吃要饭的，进得老庄见男人一概称“老爸爸、老阿大”，见女人一概叫“老阿姨、老阿嫂”，之后是“过上些，多少过上些，没办法”地沿门乞讨。

女娲乡野湾里山大沟深，黄土厚实，早年是养人的地方。女娲娘娘炼石补天，用五彩石把天穹补得太严实，没得雨下。又抟土造人，造得急时，用柳枝胡乱蘸了泥土，多撒了几把，撒得这地方人稠得像洋芋蛋蛋，洒满了沟沟洼洼。人多地少，要命的是干旱，一年下的雨没庄稼人滴在土里的汗珠多。加上按地按人头摊派的皇粮国税，逼得人不得不背井离乡，寻觅吃食逃活命。人们有的到邻县招亲过活，有的举家迁到周边的深山老林开辟田园，而有的就成了讨饭的乞丐。这些人大都是娃多家口大，拔不了根的庄农汉。开春和五六月青黄不接的时候，更是难渡鬼门关。有脚力的不出来寻食，屋内嗷嗷索食的大头娃娃就会饿死。好在呼郎们走遍四方，晓得哪里粮食多，哪里人心善，哪里能讨饭。

老庄的梅香心灵手巧，模样长得俊，地里的活、家里的活样样难不住。可她是个苦命人，那年老庄修梯田挖崖土，绝情的崖偏偏砸准了她的男人，砸得下半身动弹不得。男人睡在炕上水火不能自理。梅香平日里里外外撑了这仅有一个半人的家。为了留下根苗，户头族长们几次和梅香商量撮合，让她和男人的弟过活，养着男人，生儿育女，续上香火，也是一渠水的事，可梅香死活不答应。

初一到十五，十五的月儿高，春风儿摆动着杨柳梢。

当院一槐树，小郎呀捎书来，捎书带信要个荷包戴。
既要荷包戴，绸子儿买着来，将五色的花线分着来。
手提钥匙响，打开个龙凤箱，大红的纸儿呀揭一张。
上街跑下街，没有个丝线买，单等野湾里张三来。
呼郎把鼓摇，梅香呀把手招，你不要招手呀我知道。
板凳拿一把，张三哥你坐下，袋一锅烟来倒一盅茶。
呼郎不吃烟，茶儿么也不喝，单问你家姑娘买啥花？
一买红头绳，二买那绣花针，三买上胭脂四买上粉。
五买并蒂莲，六买上银儿簪，七买上顶针套三环。
八买红心结，九买上加头梢，十买上花线搭在肩。
线儿分手到，姑娘呀犯了愁，思量绣个啥荷包儿戴？
纸儿叠四方，搭在了膝盖上，思量剪一个啥荷包样？
剪子磕三磕，想起了三哥哥，眼泪儿呀把个心淹过。

没人晓得梅香的心思竟然在掮了货担，摇着拨浪鼓的张呼郎身上。张呼郎的一张嘴比梅香的手精巧得多，心里更鬼着哩，如同女娲乡街上飞着的苍蝇一样地鬼。呼郎对人说话，如同推介他的小玩意儿，把绣花针能说成棒槌，人能尿进蚊子的屁眼，玄乎！

梅香经不住张呼郎的甜言蜜语，张呼郎更被梅香的一把面、一口馍深深吸引着。最终，守活寡的女人又有了一个男人，张呼郎也做了两头跑的上门女婿。

张呼郎那头上有老下有小，中间有个婆娘，一大堆娃，一大家人，靠张呼郎的一条扁担一张嘴，外加两条腿。老庄梅香这边既养着半个男人，又接济着张呼郎那边的家，过活着这边的日子。

那年深秋，梅香生了一女，那是张呼郎的种。呼郎把那边的他娘用驴驮到老庄，照顾梅香母女二人。呼郎依旧走乡过县，走村串巷，做些小本营生。

后来，呼郎行商变成了坐贾，有了他的地摊，而且生意越做越大。梅香的半个男人死时，呼郎花了大把的票子把男人体面地埋了，领着梅香母女离了老庄。听有人说，梅香后来成了那边的老板娘，张呼郎又去西藏做了大营生。

老庄的梅香，以及常来老庄的呼郎，淡出了老庄，消逝在记忆中。

蛋 贩

鸡蛋之于老庄，犹如一县之财政支柱，各部门一年的花销都要从这里开支。哼哼是老庄起事最早的蛋贩。

早年，婆娘的老母鸡红肿的屁眼儿不亚于当今的《焦点访谈》。年关时节，婆娘整天思谋着老母鸡的蛋，盯着接近老母鸡的大公鸡。凡是大公鸡踩踏过老母鸡一番，老母鸡下的蛋婆娘会像珍珠一样地收好，藏在棉花里，锁在柜子里。婆娘要等着开春孵鸡娃，养小鸡。婆娘的老汉，对鸡蛋必是要过问数目的。老汉要思谋几颗过年敬献先人，几颗请先生，几颗请亲朋，更重要的是公购的任务。婆娘的儿子，也盯着老母鸡的屁眼儿。小子算计着几颗换一个写作业的本子，几颗偷着换几根纸烟。

然则，只对公斤关心，不以颗数劳心的老杨，似乎对一家人紧盯老母鸡屁眼儿的行为不甚以为然。白雨打了庄农，谁敢把喇嘛的少了！照例，老杨在必须的时候领着随从来到老庄，来到了婆娘家。

老杨是公社食品站的头儿，人和善而且勤政，对于收鸡蛋，收毛猪的公务从不懈怠。老杨一进门，婆娘一家关于鸡蛋的美好设想，往往会化成泡影。不仅如此，还生怕老杨挑三拣四。老杨是有历史教训的，他曾不止一次地上过婆娘的当。婆娘迫于老汉的压迫，把鸡娃蛋交给老杨，几次是老杨的老婆发现的。老杨被老婆喷着蛋黄沫儿，揪着大耳朵臭骂的情景，像老庄场院放的幻灯，一幕一幕地播放着。

每个季节的头几天，婆娘一家总要像爷一般侍候着老杨，而常常是被老杨冒着鸡屎味的大唇数落一番。但老杨嘴烂心肠好，每次公购鸡蛋总会把秤给足，心情好的时候，还会额外加半斤八两。所以，老庄不仅婆娘，大伙都说老杨是好人。

好人往往没有好报。公社食品站垮掉，老杨被改制失业了。老杨成天憋气闹心，烦透了。老婆尽管揪老杨的耳朵，但也是菩萨心肠。她厚着脸皮，求她在煤炭公司一样倒糟的娘家哥给老杨寻了个烂地方，让这一家曾经为工人干部筹办副食品、自家也顿顿吃大肉片，冒鸡屎味的败运人倒腾煤子过活。

在老庄人看来，砸了老杨饭碗，抢走老杨营生的罪魁祸首是老庄的哼哼。

哼哼，老庄那坡里的老大。眼一睁，一天到晚，嘴里常哼哼，不知是出气，还是呻唤。因之，老庄人叫他哼哼。

老庄人骂哼哼是奸人，有证可考。当年，社员干活在地间小憩，时间一到开始干活时，他却要拉稀。一拉稀，蹲在埂垅下半晌出不来。出来了，溜在地边，手里东一把，西一把胡搅和，就是不肯出力。不知从啥时起，这奸人哼哼明里暗里做了倒蛋的营生。起先，哼哼总是用一个布袋子里面装着麦草，麦草里放着鸡蛋，布袋子揣在宽大褂怀里，走起路一如怀娃婆娘，鼓鼓囊囊的。哼哼在老庄常和左邻右舍的婆娘们套近乎，从她们手中收回一两颗鸡蛋。攒上几天，摸黑用背笼背着到镇上寻找馋嘴官婆娘或工人干部的儿子下手，几经讨价还价，倒腾出去，换几毛钱回来。

临近分地的年月，哼哼干脆再也不去挣那受气的工分，担起他精心编制的一对方竹笼，翻山越岭，走村串户，明目张胆地收鸡蛋，贩鸡蛋。哼哼贩蛋，贩得一家老少有吃有穿。哼哼觉着不过瘾，又从生资公司托人买了一辆崭新的“飞鸽”牌自行车。他看好那自行车两边有可以上下活动的撑子。哼哼找电焊部焊了两个方架子，用尼龙袋包了两个大箱子，两箱子装满鸡蛋足有百八十斤。百八十斤鸡蛋得来的利钱，可不是个小数目。

哼哼贩蛋没信义可言，他恨不得把鸡蛋从人家篮子里抢来。因为哼哼总是独来独往，老庄没有人知道他的底细。哼哼一天早出晚归，风雨无阻地奔波在贩蛋的路上，从一颗一颗的鸡蛋上剥分得厘，拉扯大了一帮毛头小子。

在贩蛋的路上，他啃干馍，喝凉水，磕烂一颗鸡蛋让他要心疼几天。多些时日，老庄看到的是一个宽肩驼背的、喘着粗气的、四五十岁的哼哼推着沉重的自行车上坡，骑着轻快的自行车下坡的身影。

某天，老庄来了个汉子，要找一个叫超人的人。老庄没有这人。但从汉子的口述中大家知道说的就是哼哼。汉子说，哼哼有绝活，是奇人。原来，某年某日，哼哼收蛋到金柳滩，听村头一伙女人说一家人的难事，说女人有红杏出墙的毛病，急得男人没办法，打了几架也不解决问题。哼哼人困车乏，急着要讨口饭吃。于是，哼哼推开这家人的柴门，看到烂包的光景。哼哼这回真的连哼两声说，女人的病根在床上，地上的野物在房上。男人端来梯子，上得房顶，果见一只硕大的蛤蟆，伸张着三条腿在瓦沟里移动。金柳滩人都说哼哼是神仙，看得准。哼哼少不了得到一顿好款待。大约是哼哼连哄带吓，说女人再糊弄，要生出两条腿的蛤蟆。一套说辞，女人学乖了，男人来谢哼哼。其实，哼哼也是想混口饭。临近门前顺手把渠里的一只蛤蟆捉住，将一条后腿塞进蛤蟆屁眼儿，然后揣在袖筒，趁人不备，丢上房顶。

奸人哼哼，半生贩蛋，大约是这样地招摇撞骗了十多年。但哼哼确实是砸了老杨们饭碗的一员悍将。

赶　场

老庄把去陕西收割麦子，叫赶场；把去赶场的人，叫麦客。

每年老历四月头上，老庄的小麦在拔节，先麦刚出土，其他田禾也都顺着各自的习性竞相生长。对于老庄，这是一段相对农闲的季节。

于是，老庄家里拖累少，能脱开身的庄农汉三三五五，结伴而出，他们或步行或爬车，前往河南、陕西赶场割麦，挣些零花钱。

不仅仅是老庄，老庄周边四邻八县的庄农汉，在这个时段几乎毫无例外地都会从各自的沟沟洼洼走出来，汇成一股潮水涌向关中，像一窝一窝的马蜂落在大块大块的麦地，这是颇为壮观的赶场。

陕西关中，厚实的周塬与高大的秦岭两列大山中间的八百里秦川，土厚脉气重，是养人的地方，天下的粮仓。老庄人说，当年太上爷吆着神牛，拉着磨耙，一路磨来，磨出了这一马平川。磨到宝鸡，听见一声天鸡叫，南天门开了，便坐在磨耙上小憩，磕出钻进两只大鞋里的土，堆成了与秦川相邻的关山。只可惜这太上爷再也没有继续向西，这就留下了老庄方圆大大小小的土山包。

老庄赶场的麦客翻过关山，下到秦川，径直向西安城，或奔向潼关城，然后转过身来，从东向西，撵着麦黄的时日搭场割麦。赶场的到相对固定的场所，等待着收麦的掌柜雇人。双方说着麦子的薄厚，路程的远近，地块的大小，经过讨价还价，商量好价钱，场子也就搭出去了。这样的赶场，往往要持续两个多月，直到六月头上老庄的麦子黄了，才回到自己的家园。

立夏前后，日头一天比一天早，天气一天比一天长。天麻麻亮，山路上潮气湿漉漉的，两边埂垅上蒿草齐人的腰。老庄的下苦人已经安顿好屋里的事，背上女人做的炒面、烙的干馍，以及一应所用东西，夹着快刃镰刀，顶着烂草帽，爬上了南山。

麦客穿着青色、白色或黄色的烂衣裳，蹬着麻鞋、布鞋或黄胶鞋，腰间扎着草绳，别着旱烟锅，挂着烟荷包，在布满蒿草的羊肠路上高一脚，低一脚地颠簸着。晨曦照在他们的身上，像一群觅食的羚羊。这几个麦客要下南山，过涧河，去元龙铺火车站，爬车到西安城赶场。

从老庄到元龙铺的山路一百二十里，天黑前赶到，趁黑爬车。百十里路，脚底下麻利的不在话下，不利索的已经狼狈不堪，翘不开脚步。

元龙火车站夹在深沟。车站很小，仅有微弱的亮光。一声长长的汽笛尖叫，一列黑乎乎的拉煤列车缓慢进站了。不一会儿，又是一声的尖叫，疲惫的列车开始向东挪动。

猫在离车站不远轨道边壕沟里的老庄麦客迅速地相互示意，瞅准两节车厢的连接处，没命地往上爬。好在刚出站的火车，走得不是很快，老庄力大的拖着邋遢的都能上去。

列车在黑夜中时快时慢地向前行驶，麦客爬上车厢，在煤堆上躺着，仰望天空的星斗向后移动。沉重的火车载着老庄七八个疲乏的麦客一站一站向前行驶。大风已经把卷起的煤末厚厚地涂在了麦客的脸上。他们一个个像出了窑的木炭，黑不溜秋，只有两只白眼珠在翻动。

过了宝鸡，已是日渐三竿，前面是蔡家坡。按以往的经验，火车在这个不大不小的车站要停一阵，等待着迎面而来的火车会车。

老庄的麦客们口渴得要命，但不敢轻易下车，害怕被列车员发现，不是撵下车，就是要钱。运气不好，还会被送到派出所关起来，让老庄的当家人来领。

看着乡亲被毒日头烤得嘴皮干裂，喉咙冒烟的样子，秦儿估摸着火车要停一段时间，便悄悄溜下车厢，打算给大伙弄点水喝。等他寻到一个水龙头，喝完后准备用塑料桶盛水返回时，该死的火车竟然提前出站，连同他的那些破烂家什一起丢下了他。

秦儿被车站上几个工作人员推推搡搡，连喊带骂，赶到一个小房子。他们起先是教训秦儿不该爬车，接着是拷问户口地址，最后是交出身上的现钱，末了“咣”的一声，关上房门。

秦儿被关押在宝鸡到蔡家坡的一个小站，苦苦熬了大半天。他胡思乱想，心乱如麻。眼下最要紧的还是咋脱身。他心爱的磨刀石和镰刀落在车上，他的伙伴会替他拿着，丢不了。女人给他的一点儿路费，被他们搜得一干二净。哼，拿去吃药吧，让你们全家顿顿喝黑水！伙伴走远了，到咸阳、到西安了吗？你关吧，总不能把我饿死在这鬼地方。唉，这些人还有点良心，我盛的一壶水不是在墙角吗？越来越口干，越来越饿，喝一口，又一口，还是饿。

秦儿迷迷糊糊，靠在墙角，抬不起眼皮。熊包，咋躺着不起来！这是你的炕头？你把女人丢下不管，啥样你？好似一阵铁甲哗啦响，又似一阵冷风嗖凛凛吹，却似一声战马嘶嘶鸣叫，亏你先人呢？

秦儿猛然惊醒，一股凉风从脊梁骨划过。他似乎看到一位手里提着马鞭，束着发髻，穿一身黑袍的黑麻大汉，骑着一匹天马在他的头顶闪现，乍一看好像他大，又不是；像他爷，也不是；确切地记忆，那不是老庄爷顶上供奉的非子吗？咋从屋顶上出进哩？

早年，祖先非子在老庄边秦子铺放马，后人中有做了第一个皇上的，不正是在这八百里秦川吗？这事，太爷给秦儿说过，那是古今，这跟我有啥关系呢？秦儿想，要出去！蹲在这鬼地方见鬼，被遣回去，让老庄人笑话，咋对女人娃娃说，咋进爷顶上的非子庙见先人哩？

秦儿一气喝干壶里的凉水，站起来朝小房四周观望，心思着如何出去。

屋外一片宁静。人们都睡死了，月亮照得四野通明。借着月光，秦儿在屋里寻找着出路，出去了就有路。这房有大窗子，是钢筋的窗棂，秦儿试了试，掰不动，门更紧，外面挂了大锁。再就是墙，红砖洋灰砌的，墙皮粉得很厚。秦儿想走出去的想法落空了。

绝了念想的秦儿仰起头，失望地跺着脚，丧气地顺着墙又一次靠坐在墙根，望着屋顶发呆。

眼看天快亮了，北斗星正快速地移动。猛然，秦儿看到屋顶的椽还没有人的胳膊粗，黑得像龙王爷的脸。

秦儿一脚蹬上窗台，一手抓住铁窗，一手抓住屋顶上的一根椽，用力一顶，嚓嚓一声，椽折断了，瓦片掉下来，登时屋顶上现出一个天洞。

秦儿用力抽掉半截木椽，用尽全身的力气爬上了屋顶，四下张望，没有一点儿动静时，便迅速抓住房檐跳下，没命地逃出了车站。

被小屋关了一夜一个半天的秦儿站在高原上，一轮红日就在他的身边，眼前是一片光明。山是翠的，树是绿的，花是橘红的，麦田一片一片全是金黄的。

秦儿高大魁梧的身上洒满了阳光，晨曦浮在他宽厚的额头、宽厚的眉棱、宽厚的鼻梁、宽厚的嘴唇、宽厚的下颌，一副宽厚的肩膀、宽厚的腰板，简直是老庄将军式的庄农汉。

秦儿看时，远处高坡上一棵大树格外显眼，树下一片村庄，稀稀拉拉冒着炊烟。好眼熟，是老庄吗？不是，的确不是老庄。

遥望袅袅炊烟，秦儿好像闻到了柴火烧锅的味，闻到了老庄女人烙馍的味。一天两夜没见面味的秦儿，脚步没带愣头反应过来，已经撩开，朝村庄急着挪去。

“老爸早！”秦儿问。

吆着秦川牛，背着背笼的老汉见秦儿向他走来，一口的陕腔：“做啥？”

做啥！一时难以说清。秦儿脱口说：“赶场！”

“咋赶到这？”

“掉队咧，饿得慌，饿！”

“后生，这坨馍，给，吃去！”

“老爸好心人！”

“咋，你当啥，吃着赶场去！”

秦儿一口咬了一大块。他就着路边的沟渠，掬一捧凉水，嚼一口馍，先麦面馍甜、凉水甜。登时间，三下五除二全咽下去，肚子里稍为舒坦些。

秦儿一边揩着嘴，一边看着四周，那麦子竟还没黄透，风一吹，一摆又一摆，每颗穗都沉沉的。今年是个好收成。

秦儿不敢久留，便迈开大步，继续朝东走。饭时分，秦儿走到一个村庄，这庄不大，房屋撒了一坡，东一座，西一座，有的有院没墙，有的院边围着刺笆。

不争气的肚子又饿了，胸膛像老锄在抠，秦儿的额上直冒虚汗，眼前发黑，一阵目眩，挣着挪到一个刺笆门前倒下了。

“唉，啥忽愣地倒了！等我看去。”正在滴面鱼的列女，放下面鱼盆，自言自语地朝门口张望。

“哎！哎！咋啦，睡在我家门口？”列女叫着倒在自家门前的汉子。

迷迷糊糊中，秦儿隐约听到有人唤他。

“你，做啥的，睡这？”

“赶场的，饿晕了！”

“吻，甘省的老哥！快起来，到屋坐，别凉着啦！”

秦儿挣扎着进院，坐在门槛上，有进的气，没出的气，头也撑不住。

“老哥，你稍等，我给你端面鱼！”列女麻利地给秦儿端了一大碗浆水面鱼。

秦儿扯平筷子，大嘴吸着，几口吃了一碗。

“老哥，看吃相就知道是干散人！给，再吃一碗！”

秦儿连吃三碗，方才放下筷子，说：“饱了，好心的大嫂！”

“老哥，你赶场咋赶出这光景？”

秦儿话语不多，但说清了一路的遭遇。

列女一边骂关了秦儿的人，一边问秦儿咋办？没待秦儿张口，列女说：“老哥！看你也是实诚人，就给我家做活儿，这麦子眼看也黄了，就在这地方赶场吧！”

平日里能拿主意的秦儿，面对穷途末路的境地，只好顺从列女，先混口饭，再做主张。

列女的老汉从地里回来，看到列女雇了个甘省的麦客，也好，屋里有个帮手好干活。老两口有两个儿子，虽然同住一庄，但各开门户另搭锅，各自拉扯着一堆儿女，平日里也照顾不了列女老两口。

秦儿整天和老汉下地干活，帮老汉喂牲口打杂工。秦儿力气大，干活踏实，深得老两口喜欢。

转眼间，一坡的麦子从坡底向坡顶，自阳洼到阴坡快速地变黄。有的人家已经开镰收割。两个男人也拾掇场院，磨镰刀，找绳索，收拾马鞍，开了镰。

列女做着家务，每天做好饭，送到地里给两个男人吃饭的工夫，也割上一阵麦。

秦儿来到她家后，列女似乎时常在梦境一般，仿佛眼前秦儿的一举一动，曾经有些记忆，好像在哪里见过。说话的神态，走路的架势，割麦的样子，总与她记忆中的影子相吻合。

那天，下地回来，老汉出去放马，秦儿正在磨镰刀，列女停下手中的活，与秦儿拉话。

“老哥，你在甘省的老家都有啥人？”

“女人，还有三个娃！”

“大汉呢？”

“早就过世了。噢，是挨饿的那年，我大、我娘都饿死了。”

“你兄弟几个？”

“有两个老哥，还有一个姐。唉，那年月活了今日不知明日，我大哥和姐外流后，就再也没回来。”

秦儿一边试着磨好的镰，一边抬头站立的工夫，列女吃惊地问：“你姐叫啥名，你晓得吗？”

秦儿想了半响说：“那时节我也小，听我二哥说叫列列。”

“你，你再叫一声，我听听！”列女急着对秦儿说。

望着列女傻愣愣的样子，秦儿问：“大嫂，你咋啦？”

满山的风，吹得人睁不开眼。一棵硕大的树，被风刮得漫空中旋转。两个戴白帽的人，架着哥一起跳进路边的荒草，那草掩过了人。只听见风中大哥呼唤着，列列，列列，二十块饷元，列列……

列列啥也看不见，又不敢乱走，蜷缩在大树下。哥不见了，她在等呀等呀。她是她哥一路背着到关山的。

这情形几十年来贮存在列女的脑海，迷迷糊糊，白天浮现，夜里梦见，她已经习惯了。

秦儿猛然记起，二哥说当年大哥带了二十块饷元，背上妹子，打算到关中换些粮食，谁知道一去多年，杳无音信。眼前这列女该不会是失散多年的他亲姐吧？

大风停了，树叶像发摆子一样地哆嗦着。一个放牛的老汉走到树下问列列：“娃，你是谁家的娃，咋一个人站在这大树下？”

“我等我哥！他去那！”列列指着路下的草丛说。

老汉说：“娃，天快黑了，这地方有狼，你再等，等着狼来会把你吃了。”

列列没见过狼，也不知道狼咋吃娃娃，也就由着老汉领回了家。

列列一路走来，像风飘落叶一样，不知到过几家，被卖也罢，拐也罢，当童养媳也罢，走到眼前的这个家才稳定了下来。

“大嫂，我那时小，也知个大概。听我娘好像说，姐的左脚上有个红记，再也不记得啥。”

列女霎时惊得像见了蛇一般，半晌缓不过神来，好一阵子，才抽泣起来：“弟呀，我说你咋像我梦见的咱大和咱哥……”

秦儿将信将疑。那时，他更小，全无半点记忆，这些事只是后来老庄人和哥偶尔说起陕省恐怕有个他哥和他姐。

秦儿说起老庄，列女也像在梦中，似是似非。只是他们的大哥简直像一笼开锅的气，冒出来就再也没有音讯。

听说列女的娘家人来了，满庄的沸腾。

列女的老汉说：“女人记性不好，也说不准，有了娘家也是女人们的靠山。”

秦儿说：“啥靠山！那年月把姐贱运了。老庄外流的后来也有回来的，可大多都没得音迅。不要这八百里秦川养着，姐怕早就不在人世了。”

其实，当年好像是要把列列卖了，既给她条活命路，又搭救一家人。老庄也是把列列亏了。

本是一娘所生，列女不把秦儿当外人，叫来儿孙认娘舅，儿孙们自为老娘这天大的喜事而高兴。屋里成天舅舅长、舅爷短的，洋溢着人间的亲情。

秦儿在老姐一家的关照下，在邻近的场子搭场赶场、割麦挣钱。转眼一个月过去了，他想着家里的麦子该黄了，也急着要把见到早已失踪的大姐的喜讯告诉给二哥，告诉给女人和娃娃，告诉给整个老庄。

于是，在一个“七不出，八不入”的好日子，老庄的秦儿带着姐和一家人的心愿，也带着姐的半生苦难，踏上了西归陇右的路。

贩　木

靠山吃山，靠水吃水。

当老庄的山和水养活不了人的时候，老庄人总能闯出一条生路。

于是，老庄有一帮汉子便以贩木头为营生，从百里之外的大山林偷运些木板、檩椽，倒卖出去，从中牟利，试图把日子过得殷实些。

银祥是老庄招来的女婿，老家原本在深山，有人缘关系，又熟知山林路径，应该是老庄这行当的创始人。在银祥的感染下，老庄一些有骡马、能下苦、力气大的人，经常三三两两，结伴而行，进山出山。尽管担了很大的风险，也还是挣了些光景。

老庄的东边是大关山。这里山大沟深，林木茂盛，既有天然林，也有人工林，属小陇山林场管辖。小陇山总局在这里设了一个有级别的关山林场，实行封山禁牧，设关立卡。几百号职工管得很严，一般人连一根锨把也拿不出来。凡用木材，伐树林，都要有指标，有严格的程序审批。

那年，县里开四干会，政府招待所大灶需要烧火做饭的木柴，林场硬是不给指标。县、社、大队、生产队几千干部报到，灶开不了，这下惹怒了县上的头。头亲自带领武装部的兵，五辆绿色嘎斯汽车驾驶室顶上压着机关枪，气势汹汹地开往林场强行拉柴。林场方面无可奈何，只能放行。

银祥及其同伙当然没有这豹胆。可是，鸡儿尿尿，各有各道，天险华山也不是只有一条路。

银祥进山，通常是农闲季节的白天。早上，女人给他做饭，他给牲口喂料，收拾鞍架，检点绳索。人骡饭饱料足，便起程赶路。他们骑在骡马背上，可以走大路，可以打口哨、喊山歌、唱老腔。这个时候，一般没人管他们，即使过林场的关卡，也一路畅通无阻。

大约晌午时分，银祥的骡马队就到了山林村庄。这是一个叫秦家塬的庄子，庄子人并不多，方圆几十里没有人家。

秦家塬，地处陕甘交界地，甘肃管路太远，陕西管够不着，长期基本处于真空状态。秦家塬的山民们才真是靠山吃山，公家不让打猎，这里有猎枪；公家禁毒，这里有人种罂粟。

山民到周围的林里，砍伐大树，划成木板，或用锛子做成造房的檩椽等，以低价出售给前川像银祥这样的贩子，换些钱养家糊口。说是养家，那山民也不容易。进林时，男人掮着板斧，女人背着大锯，攀山爬坡，寻找目标。看好的树，男人先上去把树杈砍掉，再下来砍伐树干。树干砍倒，锯成六七尺长的圆木，再绑在其他树上，划成三寸厚的木板。常言道：好汉子，怕得拉锯扯钻子。这时，男人赤身，女人敞大襟，夫妻一来一往，大汗淋漓，拉开颇为壮观的场面。木直中绳，得小心行事，定要沿着用墨斗打出的线，千万不敢使锯跑偏，把板划斜，卖不上好价钱。

银祥看上的木料，经过讨价还价，达成交易后，便捆起驮子，摘掉骡铃，星夜兼程，返回老庄。回老庄的路自然不敢走原道。好在银祥知道该走哪个梁，钻哪座山，躲开哪个关口。

银祥有力气，脚力快。他的骡子是他一手养大的，灵得很，而且蹄子上有劲儿，新钉的铁掌，踩得路上的石子火星飞溅，总是前面开路的哨骡。

这匹黑红色的骡子，两只耳朵尖是白色的，穿林过峡，耳朵不停地摆动，像在扫描着周围的一切动静。碰上大树、大石头或滑路，黑红白耳骡子能敏捷地让过，而后面的骡马总是要费些周折。

银祥们过了马莲河，钻进一片桦树林，惊得林中的山鸡山鸟扑楞楞乱飞，干枯的残叶碎枝时不时被震得落下来。出了桦树林，他们不敢向前直走，得靠右上黑山梁，再过猫儿峡，绕开第一道关卡。谁都知道，桦树林边有一个护林站，平日好像只有两个护林员。他们万幸通过了这个关卡，顺利地上了黑山梁。

黑山梁这条路是银祥他们这些木头贩子踩出来的。路很险很窄，盘来盘去在密林中穿行两个时辰，才能到梁顶。上了山梁，稍下一点便是猫儿峡。这路只容一个牲口通过，很不好走，但只有走这道，才能绕开一个关口。

猫儿峡是一道河谷，满峡谷的溪水，满峡谷的巨石。昏暗的月光下，银祥的骡马帮在峡谷中艰难地行进。吆牲口的每人肩上还掮着一根六七尺长的檩子，一手拄着搭拐。临近峡口时，他们又得顺一道偏沟进去。因为峡口有检查站。

这一次，银祥们失算了。检查站早已在偏沟设了埋伏，他们钻进了圈套。银祥想着不是走漏了风声，就是检查站多了心眼儿。面对护林员的围堵，银祥他们已是插翅难逃了。

唉，真倒霉！银祥他们百般乞求放行，求爷爷，告奶奶，下了许多话。但还是被人家押着连人带驮，驮进了检查站。站长是个粗麻大汉，骂骂咧咧地喝着让卸下木板和檩子，扣了骡马。木料没收，也不开罚单，每人交上一千元，才能放人和骡马。

天价呀！银祥的骡子价也就值一千四百元，这不是要命吗？好说歹说，每人少了二百元。银祥只好领了同伙，空手回到老庄。银祥不敢耽搁，他怕晚了些时辰，会把心爱的骡子饿坏。大伙各自凑齐了罚款，当日就赶赴猫儿峡检查站交钱领骡马。

这是一次折本的行程。但这样的情形，运气不好，总能碰上几回。罚是罚了，可山还得进，银祥觉着他再没啥寻钱的门路，只能铤而走险。好在多些时候，还是能平安驮到老庄。货到老庄，倒贩到县城，一次的利钱还是让人眼红的。银祥也正是凭着这行当拉扯了几个娃娃，还积攒着盖了一院新房。

林场神经病一样，管得时松时紧。曾经的一段时间，老庄一些没有骡马的人也入了这贩木行当，但他们只在夏秋季进山。这个季节，河水上涨，他们到山里或买或偷伐些木板、檩椽，掮到河里，然后，两三根捆在一起，弄成小木排，人赤脚跟在岸边，用一根木棍拨调着木排方向，顺水下流。这些人干这漂流行，也有风险，万一让检查站的人盯上，木头贩子只有望风而逃，空手而归。

山不转水转，不知哪年开始，人们不再用木头盖房做家具，市场上也成堆成山地等着让人买。更由于这是出大力的苦差，不仅没人再干，就连干这行出名的银祥也金盆洗手，不屑一顾了。

出路广了，活路宽了，老庄的人尽拣省时省力的活儿，一样也能挣钱，还有谁再去出大力、流大汗，吃着苦头，担惊受怕贩木头呢？

炭　客

老庄把一年冬季贩运烤火木炭的人叫炭客。

炭客这行当在老庄始于何年，无从考证。白居易老先生早在唐朝就对这营生有过记载，那是儿时在课本上看到的。曾经的年月，老庄的炭客们跑得正欢。

老庄没有林，也不烧炭。没皇城边“伐薪烧炭南山中”的生产环节。就是贩炭，也没有“一车炭，千余斤”的大买卖，更没有“半匹红纱一丈绫，系向牛头充炭直”的荣耀。但“满面尘灰烟火色，两鬓苍苍十指黑”的面目，“可怜身上衣正单，夜来城外一尺雪，心忧炭贱愿天寒”的心思，以及“牛困人饥日已高，市南门外泥中歇”的情形，却是一模一样的。

老庄的炭客没见过皇家的“宫市”，但离老庄二十里地的县城有市场。闲的日子跑跑腿，贩贩炭，多少也有点利钱。

冬日，老庄的汉子，脚力好的往往三五成群，结伴而行。黄昏或是半夜，男人喂牲口，女人做饭备干粮，一切准备停当，炭客们头戴暖帽，腿缠毛裢，脚穿麻鞋，腰系草绳，搭拐一拄，有骡子的吆骡子，有毛驴的赶毛驴，没有脚力的背着背斗起身上路，星夜兼程，为的是天明赶到窑场，当日便能返回。

炭客要去一个叫三皇沟的地方。这里是大关山的边缘，茂密的森林间有十几户人，住在一个台地上，家家都烧木炭。三皇沟离老庄单程百十里，官路短，山路长，梁高沟深，有一条河缠来绕去，总离不开炭客们的脚板，所谓七十二河脚不干，其实是趟着一条冰凌河。细心的炭客数过，去三皇沟要爬九座山，翻九道梁，过十八次河。

趁着月色，炭客们蹽开大步走官路，小心谨慎过越石，上山下山，下山上山。天发明，人困驴乏的炭客，看到了密林深处的光亮，到了三皇沟窑场。

炭窑的火苗正旺。炭民早早备好了迎接炭客们的窠窠。一碗冒气的热面汤，一口苦涩的罐罐茶，炭客们从自带的褡裢里掏出女人临行时烙的大坨馍，就着木炭火，安顿着饥肠辘辘的肚子。

三皇沟炭民实诚，价钱是约定的。只是炭客们要多少，得大杆秤过一下。用桦栎硬杂木烧出来的炭，一出窑一棒比一棒性情刚烈，风一吹一响，一响就赊斤损两，好在山里人心善，一秤下来，总会给炭客有些余头。置办停当，炭客不敢耽搁，就得动身返程。

冬天的山梁上冒出刺眼的日头，照着白茫茫的一山大雪。风一吹，干冷干冷，鼻子耳朵不敢动，硬得稍不留神就要跌掉。崎岖蜿蜒的山道上，驮炭的牲口，背炭的炭客，在冰天雪地移动，有时被小山遮住，有时晾在眼皮下，看起来时隐时现，如纸上的点点墨团在蠕动。

炭客起程，返回老庄的百十里路不能歇缓。牲口驮得重，人紧随其后，背上的炭也越背越重。实在乏了，炭客便用手中的 T 字搭拐支在背斗底，立两三分钟，舒展一下腰，缓一口气，便得急忙跟上前行的牲口。有时候，牲口蹄下打滑，驮子跌下驴骡背，摔碎了木炭，就会有不小的损失。甚至也有连炭带牲口跌下深渊，叫炭客半辈子都翻不起身的大事故。

炭客一路前行，脚力快的，天明就能到老庄；不麻利的，踩黑夜进门。歇缓一晚，次天早起，去县城出腾。这样的一趟，人背牲口驮也不足三百斤；没有牲口，只人背，也就是百十斤左右。因而，一趟下来，也挣不了几块钱。

炭客进城，无须结伴，各自去寻出路。有的在集市上等买主，有的直接驮给老买主，有的在街上找衙门、学堂求买主。卖炭最重要的是碰上好心的买主，这等平和情形，买卖两家都顺当。但也有刁钻的买主，挑剔生炭熟炭，挑剔木色好坏，挑剔少了不够、多了不要。碰上这般倒霉的主，多少见过世面的老庄炭客，也会毫不含糊地针尖对麦芒，甚至群起攻之，买主不买也脱不了身。对付这等买主，老庄的炭客有绝招，当磨好价钱称秤时，奸猾的买主，总是盯着秤杆上的星子。但当抬起一驮、一背斗木炭时，驮子背斗上掉着的绳索早被奸巧的炭客，趁人不备用脚尖死死地踩住。这不经意的一踩，踩回来的是分量，踩出去的是心眼儿。这一踩，又何尝不是老庄炭客对挑剔人的回报哩！

不管咋说，炭客们得来的利钱，远远比不上他们出的力多，受的罪多。但老庄的炭客从不把力气当钱卖，在他们看来，力气是娘胎里与生俱来的，取不尽，用不完。至于受罪，那是定然的，庄农汉就是受罪的命，你不受罪，难道要工人干部受？他们最关切的是一趟的利钱，多少钱留本，剩下的咋用。

日头落山的时分，老庄炭客屋里是一团火，旺得让人心馋嘴馋光景馋。大捧着儿买回的砖块茶，胡子翘得老高；娘见得儿买回的一包草药，用袖子直抹泪花；女人得到一块大红花布，心里美滋滋的；娃们一人一块洋糖，嘴里甜滋滋的。老庄的炭客实在，是不向往也不愿要“系向牛头充炭直”的红纱绫的。炭客会把捏得皱巴、沾上炭黑的碎钱，用脏布包着，绳子缠着，暗处藏着。这包包积攒着老庄人对好生活的梦。

然而，有一天城里人开始用煤、用电取暖，山里人也被禁止采伐树木，木炭完成了它的使命，炭客的一条财路也断了。老庄的炭客们也退出了舞台，只有那一路的汗水，凝结在老庄的记忆之中。有关炭客的故事，间或在老汉们的烟锅中一缕一缕地飘着。

骗 匠

骗匠四十七是老庄的怪胎。娘怀他不易，生时更不容易。他爸四十七岁生日那天，娘整整生了一天一夜。他是从娘肚子里站着出来的，而且金鸡独立，单脚落地。娘在娃裆里摸了半天，只摸到豌豆大的蛋，方知是男娃，于是，爸给娃取名四十七。

四十七小手抓着娘的脐带不放，娘咬断脐带时，他就会说话。他睁开双目，数着房梁上的椽子，从一到七十二，一根不差。三天之内，总叫爸到场房门墙缝里拿他的烟锅。爸起初不信，去一看时，果然说的地方插着杆玛瑙嘴的红铜烟锅。爸说这娃是没喝迷魂汤的主，朝娃头上扇了一掌。之后，娃便只管哭着闹着吃娘的奶水，与常人无异。

从无一男半女的愁肠，到老来得子的欢喜，从怪儿降生的惊慌，再到与常人无异的平静，爸娘经历了整整三天三夜的煎熬与折磨。

四十七总归是个毒胎。十几岁，老庄一枝花家的牙猪生病，连着几天不进汤水。四十七看见，从偌大的炕眼用锄勾出一盆火子。那火还微着，噼里啪啦在灰中爆着火星。四十七连盆带灰火猛然泼到猪圈。病猪瞬间在灰火中翻腾打滚，冲出猪圈，满院的毛臊，满院的狂奔。半个时辰，牙猪竖着耳朵寻到槽边进食了。

过些日子，财娃家的叫驴不安生。驴在发情，胡踢乱咬，惹是生非。老庄人骂驴跟财娃一样地骚情，拉都拉不住，整得财娃没办法，只好牢牢拴它在大柳树上。

早间，四十七端一碗馓饭蹲在大柳树旁的路埂上吃，眼盯着狂躁不安的驴。四十七看时，那驴翘起脖子，扬起头，围着柳树打转，驴沟子两个鹅蛋大的蛋在不停地颤。

四十七怒火中烧，啪的一声把大老碗摔在石头上，拾起一片锋利的碗片，猛然朝着驴的沟子用力一拉，顿时一股黑红的驴血喷出，一双竹筷登时也夹出两个蛋子。

“爸，娃把驴骟了！”四十七高声又朝厨房喊道：“娘，快取烙铁！”四十七顺手把娘从柜子里翻出的熨衣裳的烙铁在灶火烧红，提出去朝驴沟子的刀口猛地一抹，驴翻蹄嘶鸣的工夫，一股青烟，满柳树的骚味。

财娃两口子惊得半晌缓不过神，口张得跟窑门一样的大。

不知哪年月起，四十七擎了一根长满疙瘩，磨得油亮的三尺对节棍，一头扎了猩红和紫青布条相间的骟杖，肩上搭着黑皮囊，里面装着几把尖刃月牙刀，嘴里吹着牛角鬶，走村入户，攀山下川，干了骟匠这行当。

世间的畜生，大到骡马，小到猪娃，乃至鸡鸭猫狗之类，凡需让其绝子绝孙的事，四十七定会一刀了断是非之根。只是后来怕感染，由云南白药之类替代了烙铁的止血消炎。

四十七的婆娘高颧大唇，说起话来瓮声瓮气，是个珍爱生命的女人。她不赞成男人的营生，经常骂男人干的是损阴德的事，早晚要遭报应。女人又嫌四十七不中用，骂他是个单睾子，解不了馋，明里暗里红杏出墙，倒也生出了五个女娃，就是不见一个男。每想起这事，她就抱怨四十七，缺德！可这女人也是命苦的，后面的三个女娃，为了躲计划，她曾在树林里，在深山里，在破窑里吃尽了苦头。

那年，眼看又要生了，女人被堵在破烂不堪的屋里，生生逃脱不得。四十七只好自己献身，绝育了事。老庄人说这是报应，可四十七不这么想。回想当防疫员的历程，救活过多少生灵；当骟匠时家道好的给几个钱，拿不出钱的他也没要。哼！人家城里穿白大褂的一刀子下去，收礼不说，还要坐一桌席哩。

可是，他总想不明白，他一个耍刀子混饭吃的，这辈子不仅没有个半男，自己还挨了一刀；更弄不清楚先人传下的骟行，咋就在他手里绝迹呢？

脚　户

老庄人把行商叫脚户。

银锁是老庄的一辈脚户。

脚户凭着两只大脚板，翻山越岭，爬坡涉水，踏出一条商路，把老庄及四邻八方的山货倒腾出去，把老庄老少爷们、婆娘娃娃所需的物品贩运进来，从中盈利，也是一行利己利人的营生。

老庄外出的商路有三条。一条是经马鹿铺，翻大关山，过安口，进入宁夏；一条是经秦川，过徽州，到四川；另一条是翻关山，过陇县，到陕西。

银锁早年间跟着他爹爹跑陕西，下四川，上宁夏，一年来回四五趟，做脚户生意也有好些年头了。

爹爹并不是银锁的父亲，而是他的大伯，老庄人把自己的父亲叫大大，把父亲的兄长叫爹爹。

银锁跟着骡马队，吆着他爹爹给他相中的青骡子，走州过县，也算是开了眼界，见过世面的一条汉子。

从老庄启程跑陕西，第一站是百家站。青骡子撒开四蹄，银锁奔展脚步，趟过七十二条脚不干的秦水河，一直朝东要走整整一天，才能到百家站。在百家站歇脚一晚，次日便早早动身，翻关山。下一站是长宁驿，这是关山腹地，苍莽林海中的一个驿站。

银锁最爱住百家站。百家站在关山脚下，是一个地盘不大，但有小集市的地方。官路两边住着杂七杂八的人家，开着杂七杂八的店铺。

跟着他爹爹跑脚户，银锁在百家站歇脚，常住屈家店。店主姓屈，一脸的麻子，人都叫他屈麻子。至于他的名字叫啥，没有人知道。只是在他和脚户们围着火盆炖罐罐菜，拉水烟，谝闲传时，好像说他的祖先是哪朝哪代驻兵百家镇，把守咸夷关的屈将军的家奴。麻子还说，百家站的半截石碑上有他先人的名字。其实屈麻子也是听人说哩，他斗大的字，半个也不认得。

屈麻子生了一副丑面目，可心肠好得很。尤其是浑身力气大，干活更利索，人品也厚道，着实是个好人。

屈麻子的婆娘可是百家站的标致人儿，圆圆的脸，白白的皮，没一颗麻子。那富有弹性，兼了几分性感的嘴巴上，配了一柱线杆鼻，加上两颗忽闪忽闪的大眼睛，简直就是一副洋女人相。

屈家婆娘手脚利索，周身上下收拾得很干散，烧得一面热炕，做得一手好汤菜。尤其那炖牛肉时常热气腾腾，油锅盔又酥又软，人们路过店门常常是一股香味。

黄昏时分，赶了一天乏脚的脚户们坐在炕上扯谈说笑，婆娘在灶头拉着风箱，烧火做饭的时候，总会哼几句清脆的山歌给脚户们解乏。那歌词不是颠三倒四的古今说唱，便是男男女女的相思情歌，再配上不紧不慢、呼哧呼哧的风箱声，像锅台上冒出的热气散发开来，还有些韵味。有时候，婆娘会现场编一段词儿出来，加上婆娘侧身弯腰看灶火时撅起的肥屁脸，惹得满炕脚户心里痒痒如虫子爬过。

屈麻子有个女娃，看上去年纪略比银锁小些。女娃很机灵，一双黑眼睛一闪一闪，用眼神说话。脸没他娘的白，但仍然好看。从老脚户嘴里，银锁晓得了女娃的名字叫月亮。这名好听也好记，一如女娃苗条的身段一般入味，搭口就能叫出。

银锁和脚户们到百家站屈家店门口，女娃总会瞅机会把银锁的青骡子先拉进圈棚，喂上料，添上草。当然，银锁要照料他的山货，也顾不了这些细处。每回住屈家店，就在银锁忙活骡子的时候，月亮眼尖，总能帮上手。多些时候还能给银锁端一盆水，用手指试试热冷，让银锁洗洗脚。脚户们开玩笑说，把月亮给银锁说个女人。银锁顿时黑脸泛红，也没有太多的经意。

在屈家店，银锁总是担心上长宁驿，过老虎沟，穿坂坂峡。

长宁驿是陕甘两省秦宁陇三县交界，回汉杂居的地方。几座高而尖的山，山上森林茂密，一条弯弯曲曲的河在山缝间流淌。山沟沟夹着十来户人家，以茅草为屋，石板作炕，篱笆围墙。这里山高皇帝远，山民也逍遥自在，他们身穿麻衣，睡块柴炕，几天洗一次脸。有几户以开店为生，兼事养畜打猎，也少许营务些庄农。

关山沟里常有土匪出没。所以，过往商旅必须要在长宁驿歇脚，等到聚集些客商，人多势众，结伴而行，才能过老虎沟。过了老虎沟，出了坂坂峡，展眼瞭望陇县城，就到了陕西地面。这里官道宽，村庄稠，行人多，脚户们提着的心才能放下。

银锁爹爹过世后，银锁也大了。他高大的个头，宽宽的肩膀，黝黑的大方脸，泛出健壮的神光。一双大脚板，撒开大步，虎虎生风，简直就是天生的脚户料。几回的开货，银锁成了老庄的脚户头，并在百家站、长宁驿一带也有了名气。

那年秋天，八月十五一过，小麦种上，先麦也掰了。银锁便张罗着老庄的几个脚户订货收货，准备去西安城。

银锁的货是从庄门口膘儿肥老婆娘铺子里收到的麻鞋。青骡子也攒劲了，驮四百多双麻鞋。银锁也背了百十来斤干麻籽上了路。

秋天的路不好走。一天的里程，鸡叫启程，天明了才到百家站。银锁和脚户们卸货，喂牲口，照例仍住屈家店，吃清炖牛肉泡油锅盔。

饱餐一顿，人困马乏，脚户们大都倒在热炕头，有人倒头大睡，有人已鼾声如雷。

这时，银锁正要和衣而睡，屈家婆娘过来，说跟她出去一下。银锁一边问啥事，一边下炕穿鞋，跟了婆娘出来。

婆娘领着银锁到了堂屋。堂屋点着清油灯，脚地里站着月亮，炕上躺着一个人，是屈麻子。

“他大，银锁来了。”婆娘说。

“我给你煨茶。”月亮拾掇着炕边的火盆，给曲曲罐里添了水，下了茶叶。

“掌柜的睡得早？”银锁上炕问屈麻子。屈麻子抽搐的麻脸动了动，目视银锁靠近他些。

银锁吃惊地问：“咋啦，掌柜的？”

“唉，银锁呀！你屈大已经病了近一个月，中了风，半身不来，话也说不出，你说咋弄呀？”婆娘白大的脸上滚下了泪珠，“银锁啊！他说不出话，心里清醒着哩。你看你屈大成了这样子，这往后的日子咋过哩？”

婆娘一边抹着眼泪，一边说：“银锁你人实诚，你屈大和我，还有月亮都看重你，想着把月亮成给你，领着到前川里过活。你爹爹不知给你说过没？这事你爹爹和你屈大前些年提到过。你屈大叫你来，就是这个意思。对不对，娃他大？”

屈麻子挣扎着挪挪身子，脸上露出期待的神情，嘴里吐着不很清楚的几个字。

银锁记得好像他爹爹曾经不止一次地说到过，他一直以为是说耍，从没当回事。

月亮倒了盅茶，递给银锁，听着躲了出去。

灯光下，银锁不好意思，接茶的工夫瞭了一眼月亮。其实银锁也喜欢月亮，但似乎从来没想过在一搭过活的事。

“我，我爹爹说过，是不止一回哩。可，可就是不晓得月亮愿不愿意！再着，我爷我娘啥想法……”银锁被这突如其来的事，弄得一时不知如何应付。

炕旮旯躺着的屈老掌柜挣扎着要起来，但动弹不得，一只手颤巍巍地指着出去的月亮，嘴里不知道说些啥。屈家婆娘、月亮和银锁心里是清楚的。

第二天大清早，银锁和脚户们起身爬山，这山就是关山，到长宁驿的路要翻几座山，过几道沟。一路上，有几段是烂泥茅草滩，有几段是攀山的羊肠子路。这个时候，烟雾缠山，脚下是黄泥，头顶是雾水，听见骡马的铃儿声，看不见前面的行人。艰难地爬行了一天，终于到了长宁驿。尽管是深秋的天气，但脚户们已是满身的湿气，一路的困乏。

银锁昨夜回到店里睡不着。这事是好事，不知爹爹给爷和婆说过吗，给娘说过吗？他们啥心思？月亮人好心好，将来能过日子。这事成了，就要换盅订婚，送节礼过事情，过事情要赶集买东西，要请人，请谁呢？思前想后心里乱了一晚上，也没整出个头绪来。今日一路，这些事又在脑子里打转转。唉，要是大活着，这事就不用他操心咧！

眼前的长宁驿跟往常一样，可住下来一打听，几路去陕西的常客没到一家。脚户们不免有些担心，银锁更焦虑，总不能在这个鬼地方等着吧？夜晚，脚户们围在炕上叽叽喳喳地吵，是等，还是走，最后，大伙让银锁拿主意。

银锁装了一锅烟，吧嗒吧嗒吸，半晌不言传。一锅烟吃完，在炕头上磕了两下烟锅，一边缠着烟荷包，一边说道：“大伙拿不定主意我拿，咱们还是走，不就是个老虎沟、坂坂峡吗？再说，土匪就专等咱？不过，万一有土匪，货被抢走，可要自己认。”

次日，脚户们走得迟，也不敢早走。七八头骡马驮着沉重的货物加紧赶路。银锁更是提心吊胆，不停地向外四处瞭望，听着林子里的动静。好在就这么平平安安地经过了老虎沟。

前面就是坂坂峡，银锁心中思想，菩萨保佑，出了峡，就平安无事了。

忽然间，一声清脆的口哨，震得头顶的树叶沙沙作响，一帮马队从斜谷冲出，横在当路。完了，咋这么倒霉？真是碰上了劫道的土匪！

一时间，脚户队乱了营。土匪抢货物，拉骡马，脚户死命地护着货，坂坂峡成了一窝蜂。

银锁看土匪有刀有枪，见势不妙，大声叫脚户丢了货物逃命。他一把掀掉一驮麻鞋，骑着青骡子，甩开土匪，拼命往长宁驿方向逃跑。这个时候，所有的货是绝对保不住的，但骡子是脚户的命根，千万不能被抢走。有几个麻利的脚户也跟着银锁冲了出来。

关山沟里的土匪要财不要命。好在没伤人，牲口也没少。长宁驿看来也不敢久留，脚户们连夜往百家站返，怕的是土匪再来抢牲口，或再遇上一股要命的土匪，连命都保不住。

四更天，银锁上气不接下气，狼狈不堪的脚户们逃到百家站，叫开屈家店门。屈家婆娘看这光景知道大事不妙，遗憾中，说了好多宽慰的话，婆娘连夜做了热乎乎的羊肉泡，让这伙折腾得惊魂不定的可怜人先吃饱肚子，热乎热乎身体，好好睡上一觉再说。

晌午时分，银锁叫醒了脚户。脚户们一个个没精打采。这折腾人不说，丢了货物，咋回老庄？再说，寻下这烂包生意，给人家的本钱，咋还呀？

屈家婆娘更是怜惜这帮靠力气挣光阴的人。怜惜归怜惜，可往后的日子还要推。她好言好语，苦苦劝说，叫脚户们放宽心，并不时地重复着"年三十晚上算一账，人在本钱在"的话，安慰脚户，安慰银锁。婆娘知道银锁心里难受，又见是空驮子，就说让月亮跟了银锁到老庄要一回，也好让银锁老娘把娃看看。

银锁感到为难，本丢了，还不晓得咋还哩，把月亮领回家，那也不是白领的呀。

婆娘说："把月亮先领回你家，让娃耍上几天，别的事好说。"

脚户们也穷开心，起哄哄，你一言我一语。是啊，好着哩，一驮麻鞋一背麻籽扔了，领回个心疼媳妇，划算，先让你全家高兴高兴。

就这样，一帮脚户带着一个媳妇启程上路了。

一路上，银锁他们烦的时候，脚户们吆喝着跟月亮娘学的山歌：

陇坂坂流水哎，歌悠悠，
山沟沟石头哎，光溜溜，
铧底里苗苗铧上头草，
那坡上阿姨这川里舅。
月亮月亮光光，
老牛吆着梁上，
梁上没草，吆着沟垴，
哎哟哟，他碎大，
今日出门去哪哒？
娃娃家爱娃娃，
老汉家爱棉花。
鸡公叫鸣墙头上爬，
鸡婆下蛋刨窝窝。
金窝窝，银窝窝，
不比咱的热炕坨。
哎哟哟，哎哟哟。

银锁引着月亮回到老庄，进了老院。老院老老少少一片高兴。银锁爷、婆和娘更是欢喜得眉开眼笑，心中乐开了花，拉着月亮的手问这问那，亲热个没完。银锁婆年老昏花，看不真切，把她即将过门的孙媳妇抱在怀里，狗狗命命的当稀罕。

是啊，在老庄，人是最金贵的。有了人，就有了好光阴，有了好生活，有了好的一切。人们为进门的媳妇而感到高兴的时候，早已把丢了货的事，忘得一干二净。

于是，银锁的爷爷，以及几个叔叔们开始商量着这门亲事的程序，包括聘礼咋样送、媒人咋样请，以至于送礼的时间，及完婚的日子等等。

眼下，到了十月初五，月亮在老庄也住了些日子。这些日子，她被老院，以及老庄的人亲热地接受着。当然，月亮也是有眼色的麻利人，她在老院里里外外帮着料理家务，做了许多家务活。而且，样样活都是那样的尽如人意。

初冬的时节，和春夏秋三季相比，老庄的生活是悠闲的。银锁一家和老庄所有的人家一样放牛羊、割柴火、驮粪、垫圈，挑水做饭，缝洗衣裳，烧炕睡觉。这个时节，老庄的精明人又开始商量着跑脚户的营生。

银锁寻思着要贩的山货。他想，这一回咋了也得把上回的亏空补上，不，还得多寻几个接媳妇的钱。膘儿肥的麻鞋是要驮出去的，今年核桃成了，也能走几桩。于是，他打定主意，除了他的青骡子，他爷养的大白马也得走，再雇一匹力气好的骡子，加上他，一共四桩脚力。不信你土匪就这么厉害。为了保险，他又带了杆老土枪。

小雪一过，天气初寒乍暖，脚户队凑齐了货物。银锁爷爷、婆婆，还有他娘，给月亮做了全身的新衣，送两个娃娃和脚户们一同上路。

月亮想她大，想她娘，更想着给他们说老庄的好。

到了百家站，银锁把月亮交给了她娘。屈家婆娘越发地热情。在店里住了一晚，次日清晨，银锁带着脚户队便出发。

这一回，脚户们的运气不错，一路上不仅平安无事，各个都顺利地出手了自家的货物，挑选了各自想要带回的东西。

银锁的四桩货，不仅走了好价钱，还廉价购买了陕西土布、水烟、茶叶等等。当然，按他娘说的，银锁特意买了可做一件上衣的红平绒布料，一件做裤的绿布料。他还在地摊上给月亮买了一双绣着荷花的山西绣花鞋，首饰玩意儿自然也少不了。

十一月二十，是老庄老阴阳掐算好换盅定亲的日子。银锁由他的两个叔叔陪着，青骡子驮了他爷爷，算是个说事的媒人，带着聘礼前往百家站换盅延礼。婚事定得很顺利，并且商定来年正月初四完婚。

腊月，银锁算计着过年和过事情的费用，咋能把这事办得体面风光些。唉，要是能再跑一趟脚户就好了。这样，过年和过事情的花费就宽展些。

银锁寻思来寻思去，还是去一趟。可眼看到了年关，别人都不再出去，再说，货也不好收。银锁的爷爷、婆婆和娘也都怜惜娃，硬是不同意。

可银锁打定了主意。这次，他独自一人，吆着青骡子和大白马，带了老土枪上了路。这回银锁就是一身的土匪装扮，临出门，婆只好让患病的二叔一同去。

爷父俩在关山沟沟四处收了些山鸡、兔子、熊油、熊掌以及皮毛之类的山货。这一回，幸好一路没有碰上土匪。收益自然要比以往任何一次都丰厚些。他还特意在西安皇城买了上好的香蜡纸表，包括过年过事情用的一应东西。

眼睛一眨，就到了腊月二十三。晌午时分，爷父俩和大白马、青骡子顺利回到了老庄。

老院的女人们也忙活着祭灶的一应准备，老娘已备好了晚饭。一家人吃过后，二叔开始洗剥祭灶的高头凤凰大红鸡公，娘把烙好的十二个灶饼并银锁从皇城置办的灶糖，以及供灶火阿婆上天回娘家的草料一并献在灶头。婆很吃力地跪在灶门，一边抚摸着即将入汤锅的大红鸡公，一边喃喃地念祷着：

灶火阿婆你听着，
高头凤凰你骑着，
凤凰嘴里糖粘着，
送你上天回娘家。
上天没久站，
来回三四天。
上天言好事，
下界降吉祥。
腊月三十接你着，
保我全家平安着。

娘看到，红蜡烛一闪一闪，像月亮一样长俊的灶火娘娘骑着火红的凤凰，顺着七炷香头上飘起的青烟，飘飘然从哨眼里飞了上去。她也搀扶起婆婆，把老人家送到了上房炕。

年关的几天，老院和老庄所有的人家都在忙碌着准备过年，扫房子，做豆腐，翻菜窖，洗衣服，蒸白馍，炸油饼。

银锁搬出梢桶，烧了两大锅滚开的热水，把养了大半年的肥猪杀了，鲜肥的猪肉满满装了一大笸篮。侄儿安安和几个娃娃抢着拔猪鬃换鞭炮，吹胀猪尿泡当球踢，在梨树下荡秋千。

冬日的太阳照着幸福的老院。

腊月三十，晌午时分，老院所有的门上都贴上了对联。上房的长画桌上一字排开，坐了上午老阴阳写给老院先人的纸，跟大信封差不多。黄纸包着，上了红签的是脱了三年服的祖宗；白纸包着，没有签的，是还没有脱服的新逝者。他们按辈分，左大右小排列着，中间是先人手里做的柏木神祇阁，门敞开，四扇门绘着穿了清朝服饰的侍从，端着茶碗。神祇阁里是很遥远的先人的牌位。

一对太师椅中间的大方桌上摆满了高高低低的献器贡品，剥了皮的大公鸡撅着油腻的屁股，跪在先人牌位前。

银锁爷统领着老院、前院、后院等合族男人并娃娃三四十人，跪在老院大门口焚香烧纸祭茶奠酒，燃放鞭炮，把前前后后逝去的先人灵魂，从四山八洼接回老院，与他们的子子孙孙后辈们一同过年。

除夕的夜晚，老院的上房炕上，男人们围着火盆，烤着炭火，说着一年的光景，与先人一同坐夜。下房、偏房、柴房里是女人们给娃娃试新衣，穿新鞋的嬉闹声和欢笑声。

大年初三，中午过后，老院合族人等带着供品供食把写给先人的纸送到老坟，并在其他另外新坟焚化后，便开始忙着请客人，给亲戚捎话，操办银锁和月亮的婚事。

婚事总管请的是老庄的当家人，礼簿请的是药店老伙计盆儿，厨子是存存。这三人是老庄红白事绝好的搭档。其余接待、娶亲、背箱、伴女、暖床、掌盘、担水、劈柴、供席请人，均由当家人和银锁爷商定，并贴出了执事单。

当下，院边盘起了风灶，支起了案板，烧起了罐子，院里摆上了酒席，应承款待明日干办人等。

初四日三更，引亲人等吃过早饭即时起程。因为路途遥远，天黑前才赶回老庄。月亮被大红毡裹着，骑了披红挂彩的大青骡进得老院，由银锁掮下骡，抱进了新房。院子里放着鞭炮，敲着干鼓，吹着唢呐，好生热闹。

送亲的百家站亲家们，当日天气已晚，只能在老庄暂住一宿。为图热闹，老庄人当晚支起文武场面，操家伙在老院演了场大戏。百家站会唱的亲家们也涂脂抹粉，要子了一番。第二日早饭后返回了百家站。

百家站的月亮，融入老院，成了银锁的人。在老院，月亮把对银锁的爱，全心倾注在了这个日子红红火火的时光里。

银锁照例跑着脚户。第二年的腊月二十四，月亮给银锁生了一个胖娃，太爷高兴地翘着胡子，给娃起了个名字，叫赶年，说娃是赶着过年来的。银锁娘好生侍候母子二人。屈家婆娘十天半月也被银锁接到老院看看她心爱的外孙。

春种秋收，风调雨顺。老庄平静而又忙碌地过着庄农汉的日子。老庄的银锁一大家十来口人在老院出出进进，奔波在老庄的沟沟洼洼。农闲的时节，银锁依然跑着他的脚户。这个家越来越殷实。

那年，银锁和老庄左邻右舍一样，一夜的工夫，骡马牛驴，土地粮食，农具种子等等都归集体所有，老庄的男男女女入了社，开始挣工分吃饭。

老庄的庄农汉，包括银锁都不再想地里种啥不种啥，只想多挣工分，才能多分粮食。但是，糟糕的事接二连三，地里跑得勤、工分挣得多，越来越吃不饱饭。

银锁的婆娘月亮连着生了四个娃，银锁的叔辈相继各开门户另搭锅，屋里除了老，就是小，日子越过越烂包。

百家站的屈麻子过世，银锁做主料理好后事，便把丈母娘也接到老庄住。银锁被烂包光阴操得头发花白。那些年，管得很严，不让人随便走动，谁敢再跑脚户？可年关前后，青黄不接，社里又分不了多少粮食。

眼看着一家人每天张口吃饭，吃了上顿没下顿，急得月亮也直掉眼泪。迫不得已，银锁不得不偷着出来，倒腾些东西，贩点口粮。此时，银锁的青骡子早已成了公家的，他只好用自己宽实的肩膀挑，用结实的脊梁背。出进了几趟，家中锅里碗里稍微稠了些。

猪年，老庄粮食多得吓人，就是不让人吃。那年，老庄饿得剩了一层皮，死了一层人。银锁的爷爷死了，婆死了，几个叔婶死了，接着丈母娘死了，眼看着一家人一个个饿死，银锁和月亮的心都裂开了缝，滴着血。

实在活不下去了，月亮看着这光景，每天出去讨饭。银锁因跑脚户被监控着下地干活，离不开老庄半步。

那天，月亮跟她二叔讨饭，连夜在元龙铺爬货车，一路下去，流落到了陕西户县。

户县比老庄好多了。干活，给你饭吃；乞讨，也能给一口，不像老庄那边，想给没有一颗粮食一口馍。

月亮叔媳二人在一个叫四十里铺的小镇连讨带要，要了一袋干馍、白面、黑面、先麦面。抱着这袋杂七杂八的新旧食物，月亮好像望见老庄那些男男女女的饿死鬼张着大嘴，直扑向袋子。

当可怜的月亮和她那缓过气来的二叔靠在镇子一家门口墙根，商量着尽快爬火车回老庄搭救人命的时候，门里走出一位老大嫂。

“妹子，甘省来的吗？”老大嫂问。

“是的，秦河边上的。”月亮认真地回答。

“我也是甘省过来的，娘家在渭河边上！”老大嫂说。

“唉，甘省的光景不好，饿死了一层人！”二叔说。

“妹子，想不想留下？社里有个汉子，人心好，想讨个婆娘做饭。”老大嫂说。

月亮问：“咋弄哩？给粮食吗？”

“和我一样，一年一袋麦子，一袋荞。”老大嫂回答。

月亮心思，这行吗？我有男人，有娃娃，一大家子呢，咋能再嫁人呢？二叔也反对，把你引出来，引不回去，咋给银锁侄交代，咋给老庄人说呢？

老大嫂看出二人的心思，凑到月亮跟前，拉着月亮的手说：“好妹子，都啥光景咧！天天死人，连命都保不住。这年月，有口饭吃，活下来就不容易了。大嫂我就是这么过来，养活着娘家，谁怪咱没吃的呢？”

月亮问：“真的吗？”

大嫂回答：“咋不是哩，嫁汉嫁汉，嫁汉吃饭！咱是老乡能说假话？留下吧，让我这边的老汉赶紧去说。”

这女人二话不说，拽着月亮，进了她家大门，高声叫说：“老汉，你出来！有个要紧事。”

没等老汉出屋，两个女人已经一拉一扯进了房门。

月亮看见，屋里一个老汉，个头小，驼着背，脸黑得如漆刷了一般，额上满是皱纹，颌下满是横皱褶。

大嫂把事情原委说了一遍，那老汉立马起身，拖着布鞋出了门。

不大一会儿工夫，老汉带了一个汉子进来。月亮见汉子红面膛，茬茬胡，头顶亮光，周身结实得衣裤有些嫌窄。

大嫂说：“拴柱，你老哥路上可给你说了？就这女人！我家乡的，看着可灵性，就是饿瘪了。”

这个叫拴柱的汉子说：“人家愿意吗？”

“嗨！有啥不愿意？一年一袋小麦，一袋荞，老行情！”老大嫂这样急着替月亮做了主，也想有个同乡的伴儿。

就这样，老庄的月亮改名麦换，留在了户县四十里铺。

二叔由大嫂的老汉陪着，买了西回的火车票，带上一袋小麦、一袋荞和一袋杂食，回到了老庄。

这几天，银锁焦急地等待着月亮，等待着吃的，眼睁睁看着老庄一个一个地死去的老人和孩子。说不定今天，或是明天，死亡将会再降临到他的这个家。一家人的性命能续几天？月亮在哪里受饥渴，看眼势，求奶奶，告爷爷呢？唉，这是啥世道啊！

这些日子，老庄的银锁整天不嗯不喘，跟老骡子一样，在地里挣命地干活。歇工的时候，他眼瞅着东方巍巍的关山发愣。要是再能跟当年一样吆着他心爱的青骡子，跑上一趟脚户，眼前的困境或许能变个样。但这只能是想想罢了。

银锁恨他叔，咋能把他的女人留在陕西？咋有脸回老庄见你的侄？银锁恨月亮，怎么能撂下这摊子独自留在户县？咋能把我撂置在半路呢？但他反过来又想，月亮也是被这日子逼的，她的心里可能更难受，连个诉苦的人也没啊！

屋里有老娘看护着嗷嗷待哺的娃娃，有他们的亲娘换来的小麦和荞麦。有些时候，他瞅着一群娃像猪娃一样争食的场景，他的心都碎烂了。

户县四十里铺。这里依然是那样的平静，日出日落，晴天阴天，刮风下雨，降霜落雪。日子在一天一天地过，生活在一天一天地延伸。

老天爷安顿给月亮的光景竟是这般荒诞。月亮感恩那小麦和荞麦，把拴柱的家当她在老庄的家，也把拴柱当作银锁，一样地心疼和体贴。在四十里铺的三年，月亮给拴柱生了一儿一女。拴柱也心存感激，干活越来越有劲头。他把对月亮的爱，对一双亲骨肉的情，全部倾注在锄头上。是的，唯有多打粮食，才能弥补月亮的念想。

拴柱至少每年来老庄一趟，这不仅仅是送一袋小麦、一袋荞麦，他要把两边的音讯沟通，以免少让月亮操更多的心。但他心里清楚，绝不能让月亮再回老庄，那将是肉包子打狗，有去无回的事。这是他在这桩婚姻上的底线。

可是，拴柱毕竟没有把老庄一件对月亮来说至关重要的情况告诉月亮。

那年，银锁和老庄人一样，加入到了老庄最为重大而持久的打坝战役。当银锁在崖下挖着冻得像铁一般牢靠的土块，人们用架子车一车一车拉土的时候，猛然间，崖塌了，一块土疙瘩重重地滚落下来，银锁的一条腿被砸断。

银锁成了残废，在炕上躺了大半年。好在有老娘照料，命算留住了。可怜的银锁再一次受到命运的沉重打击。

想当年，银锁靠着两条腿跑脚户，走州过县，挣光阴，创基业，那是何等争气！唉，眼下一条腿拖了另一条，啥也弄不成。这就像他和月亮一样，人字一撇一捺，在老庄撑起人样，撑起了一个大家舍，谁不看着眼前发光！可眼下少了一捺，想着心寒。

月亮每次送拴柱去老庄，总是焦切地等待着老庄的音讯，可拴柱每次回来都是报喜不报忧。但拴柱去老庄，一次比一次带去的粮食多。不仅带粮食，还带钱，几次差点把家底都送光了。这情形，使月亮在感激的同时，不免心生疑惑。

这年秋天，四十里铺的田禾收了，地里的活打理完后，拴柱和以往一样收拾行李，准备粮钱，打算起程去老庄。可月亮咋说非得让她去，她想银锁、想娃娃、想老娘、想婆婆、想老庄。拴柱无奈只好把银锁砸断腿的事给月亮说了。月亮一听，登时急得像疯人一般，又哭又闹，又打又骂。

拴柱好生劝慰，拗不过月亮，只好把两个娃交给他姐，把家委托给老大嫂早晚照应，和月亮一同火急火燎地赶赴老庄。

此时的老庄，情况比月亮离开时有些好转。听说甘省人口大量死亡外流的消息惊动了上面，上面派了人来到甘省，来到老庄查明实情，并且明确要求不能再出现饿死人的事情。对于老庄来说，粮食管得不是那么严，还给人分了菜地、自留地，以及生猪饲料地，也允许开小荒地。这些变化尽管不大，但最起码有口汤喝，有稀饭吃，不至于再饿死人。

月亮和拴柱回到老院，女人们免不了相互团抱着哭上几回，娃娃们大的小的都有些怕生。月亮看着睡在炕上的银锁，感到很内疚。

“她大，我对不起你，对不起咱家，真是没脸见老庄的乡亲啊！”月亮掉着眼泪这样说的时候，真是后悔，感到地上有个老鼠洞要钻进去一样。

“唉，娃他妈！不要这样说，这几年要不是你用粮食接济，咱早就见不上面了。方圆邻居家破人亡的有，邻庄和你一样的也有，这是生活逼迫的。好在听说拴柱把你当人，这就够了。”银锁边说边摸着他已残废的一条腿，唉声叹气地背过了头。

“我自拿主意做了这糊涂事，害得你吃了这么大的亏。站不起，出不去也好，以免人家说话，你心烦！”月亮安慰着银锁，抚摸着娃娃的头。

月亮和银锁说话，拴柱插不上嘴，只在一边胡乱应承、胡乱安慰。银锁说：“拴柱救了咱一家人的命，咱不能忘本啊！”

月亮说：“他大，你甭记了，好好养着，一条腿不在，咱的命好歹还活着，活着就有念想。我如今两条腿插在一条裤腿了，咋弄，难心得很。手心手背都是肉，两边都离不开啊！”

是啊！这的确是让人头痛而又十分棘手的事。听老庄的大老爷说，为这事陕甘两省专门开了会，发了告示，列的条条宽，去留自愿，听月亮的主意。

这不把月亮难死吗？

五　馗

五馗是老庄识文断字的精神领袖。

五馗大腹、短腿、长脖，一双三角眼经常粘着眼屎，两撇老鼠胡须左右翻飞，挽起的小髻系了一根又黑又脏的红头绳，一年四季穿一领大襟褂衫，一襟挽在裤腰间，另一襟时常拖在脚后跟。

五馗在老庄是集阴阳、法管、风水、医生于一身的艺命人。走艺时，肩上的布挂包里装着墨盒、毛笔、阴阳印、朱砂粉、子午盘等等一应用物。老庄但凡谁家有红白喜事、生老之事、疑惑之事、动土修建、辞土退方，必是少不了要请五馗的。

五馗的肚子里尽是掌故。每到一家干事，上至玉皇大帝，下至阎王小鬼，远到五帝三皇，近到张三李四，谝起来没完。五馗常说《封神演义》讲的是他家的事，说姜子牙是他先人，说谁是谁的门人，谁是谁的徒弟，说得天花乱坠。但细心的人听来，总是那么前踏三、后踏四的几段。五馗讲得津津有味，但忙人只顾嘴里胡应承，手里却做自己的事。

然则，五馗总是有些手段。老庄谁家的小儿夜啼不住，五馗会掐诀念咒："天皇皇，地皇皇，我家有个夜哭郎……"诸如此类，禀符几句，娘怀里的小儿便会瞪大眼睛看着五馗，止住哭声。

老三女人是个病身子。有段时间卧床不起的时候，老三请了五馗来禳醮，铰几个手拖手、脚连脚的红纸人，扎一个麦草人，用一根穿了红线的钢针扎在草人的心窝。五尳一手执草人，一手在炕上撒开五色粮食，撒一把，念几句，噙一口酒，又喷出来，一番折腾，老三女人的病总能松几天。

八娘家的老母鸡连着三天不在自家窝里下蛋，急得八娘扯嗓子骂街，寻到五尳跟前，求五尳看看蛋下在哪里。五尳伸出右手，一口唾沫吐在掌心，左手两根指头在唾沫中一拍，溅起的唾沫星喷在立于东方的八娘脸上。八娘张着大嘴等着"打时"的结果。"老嫁汉，到你家东房背后的狗窝里寻去！"按着五尳的指点，八娘果然在自家狗窝里找到了她那老母鸡下的三颗蛋。

三婶自称"出马"，是哪路神的角，整天口吐白沫，说三道四，挤眉弄眼打哈欠。老庄有人说是嫁汉妖气，有人信是真神附体。男人请来五尳。五尳燃起羊油蜡烛，供上香火，口中念念有词。又让男人端一盆清水，供在桌下。五尳将裁得有二指宽的纸条，放入盆中，让男人从水中捞出，看纸上有啥？男人说，没看见！五尳让看仔细了，男人顿时大惊，手里的纸条上面越来越清晰地看到"北坟有鬼"四个大字。男人再捞出一张来，也是一样的情形。五尳又让男人看燃尽了羊油的蜡杆上面高高的灰烬。五尳问男人，你看像谁？男人屏气不敢出声。五尳说像不像观世音菩萨！看，手中还拿着净水瓶哩。男人看了半晌，也没看出眉眼，但对着供桌的神位，将信将疑，不敢胡说。男人寻思，先人的坟在北山上呀，这咋弄？五尳说，这要给土地爷禀复哩，给你写两张符，你拿上香蜡奠酒，到你爸坟上烧一张，再到后土上烧一张，方保你女人平安无事。再若不行，我祭起姜子牙的打神鞭，看土地爷敢不操心。男人依五尳的法子行事，三婶果然渐渐平静多了。

五尳埋死人看家道。谁家人丁兴旺，日子红火，死了人，但让五尳看下葬的日子，至少得五六天，而且要开坛诵经，非让你"死人不吃饭，家财舍一半"不可。但要是谁家人烟稀落，光景烂包，天天都是好日子，每天都有好时辰。老庄人说，这叫“照人下面，量体裁衣”，“道场由事主”。

五尴也有解不开的疙瘩。不知从那年起，五尴越来越觉得在老庄没趣了。比若迎神祈雨那般风光的场面已不再有，那是一连十天半月的出人头地呀。再比若庄上连着出事，五尴一如诸葛亮般坐于祭坛，调遣庄民并诸路神煞封路口，挂五色旗，斩魔驱鬼净庄的事，也无人请他再做。再比若修建房院搭盘退方神、辞土之类，大都由乡上统规统建，家家一样的方向，也不用五尴劳神了。就连年轻人结婚打婚书之类也绝少有人再做，剩下的只有看坟埋死人了。五尴空有浑身之术，却英雄无用武之地。

好在天无绝人之路，老天爷关照世人，总得给口饭吃。五尴在老庄落魄的时候，也像外出谋生的乡亲一样，寻找着路径。当老庄人替五尴的前程担忧时，五尴竟然已经登堂入室，走艺走到官家富户。哈哈！这真是跳出老庄外，不在庄农中，天高任鸟飞，海阔凭鱼跃。

改革越深入，五尴越忙活。远近山场，丛林道观日益热闹，哪里过庙会，开经坛，点神光，总有五尴的影子。五尴一年四季初一东，初五西，十五南，忙得不亦乐乎。某年，上面给五尴颁了本证，说是什么派；又某年，上面说他是非物质，要保护；再某年，上面给他封了个什么委员。于是，五尴提神振气，一路风光。

五尴从此很少做“五鬼抬轿”的把戏，坐上轿车快多了，一样地抖风，只是找不到飞起来树叶娑娑，大风呼呼的感觉。五尴有时想，幸而当年没有在大荒洼登仙。那年，五尴在大荒洼打坐三日，祭起一朵祥云，刚离地面不到一丈，他睁开一目，打算与世间做最后一瞥时，猛然看到一妇人正蹲在地埂下撒尿。一霎间，晦气上扬，祥云变黑，轰然一声巨响，五尴从半空跌下，登时伤筋动骨，整整在炕上卧了百日有余。这不，眼下东游西逛，逍遥自在，与神仙有啥区别呢？

每当五尴提神振气，一路风光的时刻，会对老庄人嗤之以鼻，甚至啐上一口恶痰。哼，想得美！东方不亮西方亮，此处不留爷，更有留爷处！爷还懒得跟你玩！

老庄被唾得猛然惊醒：那天，五尴一身的作训服，说是打洞的兵官给的，那里好像砸死了几个兵；又那天，五尴一身的辣酒味，说是开盘楼房的老板敬的。总之，五尴在这样对待老庄时，总不忘从兜里掏出几张纸币在老庄眼前晃几个来回！

乞 巧

七月初一前后的老庄，是女儿们的世事。

女儿们在地里干活，在坡上掐菜，叽叽喳喳说着叫巧娘娘的事。

金菊的炕上挤满了老庄的女儿，炕边上爬的，脚底里站的，门旁上贴的，院子里跑的，花花绿绿的女儿，仿佛一束鲜花绽放着。

少女们吵来争去，最后还是商定今年仍旧在金菊家叫巧巧娘。

金菊是她大和她娘的宝贝疙瘩。老两口眼看快四十的人了，一直没生半男一女。这心病操得她娘的娘家婆黑夜里睡不着觉，实在等不及，便做主把她大女儿生的第四个女娃抱给了金菊娘。老人家想着给小女儿暖暖怀，看能亲生下个娃吧！在金菊半岁的时候，娘家婆看了个好日子，把金菊送到了老庄。

金菊来老庄，她娘很喜欢，她舅婆多日抱着怀里长大，她的亲生娘，也就是她娅娅也十天半月来老庄看金菊。

金菊在三个女人的怀抱中不知不觉长大。七岁那年开春，老庄的学校开学，金菊大领着金菊去报名。在老庄，女娃念书的不多，大都是家道好，惯娃的家。从这以后，金菊开始识字念书了。

金菊自小长得模样俊俏，一双大眼睛水灵灵的，两个脸蛋红扑扑的，娘扎的两个小辫子又黑又粗，做的红底花格布衫和湖蓝裤子很合身，一双红平绒圆口布鞋也很合适。这娃在庄间巷口活蹦乱跳，好招人喜爱。

金菊心灵，念书也用心。看到娃能把墙上贴的报纸念下来，她大她娘着实高兴。

金菊的玩具，比如小沙包、毽子、跳皮筋等等，娘总会给她弄好的。这样一来，金菊家院子里整天是女娃的嬉闹声。

金菊也有她最要好的伙伴，比如爱说的梅梅、爱哭的桃花、揩不尽鼻涕的女女以及经常穿得破破烂烂的毛毛等等。当然，这些伙伴的家长，大都与金菊爹娘平日里关系要好，也有的女娃是偷偷来耍的。

相对于这些女娃们，金菊耍的时间要多些。她们拔猪草、哄弟妹、烧土炕，帮大人做饭，放学后难得有时间玩耍。她们当中，有的没上学，有的连小学也没念完，力气大点的已经成了家里的劳力。

女娃们商量叫巧巧娘的时候，开通的金菊爹娘也和以往一样，主动承揽了做巧巧娘的费用，这也代表了金菊的心思。要旁人，光这一项费用得花二十元钱，要到纸匠那里去买。

其实，金菊娘手就巧得很。每年正月十五，金菊和其他娃娃提的灯笼，像鼓儿灯、鱼儿灯、狮子灯、莲花灯，都是金菊娘亲手扎模架糊制成的。五月五，金菊脚手腕上戴的五彩线圈，胸前挂的香荷包，肩上背上簪的小虎、小牛、小鸡等等布动物，都是金菊娘一手做的。这糊制巧巧娘的主要差事，自然也就落在了金菊娘身上。其余贡品供果，香蜡烛火，各自准备。这事定下后，女娃们便开始张罗自己的事，其中包括提前十几天生的巧芽。

六月二十八九，金菊家的杏树上喜鹊叽叽喳喳叫个不停。院子里红红绿绿的女娃，看热闹的男娃，以及大人们吵吵嚷嚷，好不热闹。正屋画桌上供了身着彩衣，足穿花鞋，眉清目秀，粉红脸蛋，朱红小口，十分俊俏的巧娘娘像。八仙桌上摆着香烛蜡碟，供着点心水果。

晚饭早早吃过，脚底挤满了穿着整洁的女娃。屋外依然是看热闹的男男女女。金菊、梅梅、桃花、女女、毛毛等女娃开始举行“请巧娘娘”的仪式。金菊烧香焚表，梅梅和桃花点蜡，金菊娘帮着摆放女娃用盘子端来的贡品。

女娃们由金菊领着七拜七叩头后，便在桌前手拉手跳唱，请巧娘娘下凡。

金菊和桃花两人拉着用指甲藻染红的手，女娃们在梅梅的指引下，依次从两人的手背上踏过去，点上一支香，歌声便从农家院落飞扬起来。

七月初一天门开，我请巧娘娘下凡来。
巧娘娘，驾云来，给我教针教线来。
巧娘娘穿的绣花鞋，银河边上走着来。
我把巧娘娘请下凡，天天给我教茶饭。
巧娘娘请到神案上，天天给我教文章。
巧娘娘请上莲花台，天天教我绣花鞋。
巧娘娘请来点黄蜡，天天教我绣梅花。
巧娘娘请来了献茶酒，给我赐一双好巧手。
巧娘娘请来献油饼，叫我越做越灵心。
去年去了今年来，头顶香盘接你来。

从七月初一，到七月初七，金菊家总有十几个、二十几个女娃来做着娱神仪式。不仅老庄的来，也有邻庄的来加入到这个热闹的院落。女娃手拉着手，一前一后甩胳膊跳唱，唱的大致是《织手巾》《姐儿怀胎》《放风筝》《十盒镜儿》《十杯酒》之类。七天七夜下来，细听要唱上几百首。

金菊领唱的《十二月》，唱得一年四季，都有收成。

正月里冰凌打春消，二月里鱼儿水上漂。

三月里桃花满山红，四月里杨柳长成林。
五月里雄黄闹端阳，六月里麦子满山黄。
七月里葡萄搭成架，八月里西瓜玩月牙。
九月里荞麦割成笼，十月里柿子满街红。
十一月大雪飘进门，腊月里年货摆出城。
巧娘娘，下云端，我把巧娘娘请下凡。

初四晚，跳麻姐开始了。梅梅钻在八仙桌的桌帷底下，蹲着等麻姐姐附身。一番祭拜，金菊娘抚掌问道：“麻姐姐，你说女女能寻个麻脸女婿，还是个白脸女婿？”外面大笑起哄。问了三遍，桌帷哗啦啦抖，梅梅的声音变了，又打哈欠，又抖身子，要吃要喝。女娃娃们看时，麻姐姐果然附身显灵了。只见她颠三倒四说胡话，有时说在昨天谁到哪做啥去了，谁借了谁的东西，谁家说了门亲事等等，说得有眉有眼，屋里屋外屏气息声，静静地听着。

梅梅说得正欢，金菊娘目示众女娃齐声呼唤：

“巧娘娘，你回来！”
“巧娘娘，你回来！”

梅梅顿时再不言语，恢复了平日的腔调。大概是巧娘娘驱走了长舌多嘴的麻姐姐吧！于是，大家再焚香，再叩拜，齐声唱跳麻姐姐舞，一段《泼又泼》，急促的旋律，加上狂野奔放的舞姿，双足腾起跳跃的声音，震得桌上的贡品微微颤动。

初七，从早到夜，金菊和她的伙伴放开撒欢。

清晨，金菊领头，带了几个女娃到老泉去迎神水。按着娘的交代，金菊们在泉边点燃七炷香，烧了七张表纸后，一人舀一勺，舀满了一大木桶水，桶梁上系了红绸带，由女娃们抬回了金菊家。

夜晚，女娃们各自捧着早就生好，长得郁郁葱葱的豆芽，来到了金菊家。金菊娘给每人发了一个白瓷碗，并把煤油灯拨亮，点燃供桌上的蜡烛。

女娃们跪了一地，就着灯光，把豆芽放入从老泉请迎来的神水中，一边观看着白瓷碗底豆芽影子的形状，一边齐声高唱：

我给巧娘娘许心愿，巧娘娘给我赐花瓣。
巧了赐个花瓣儿，不巧了赐个烂扇儿。
巧了赐个扎花针，不巧了赐个订匣针。
巧了赐个绣花线，不巧了赐个背篼鞐。
巧了赐个铰花剪，不巧了赐个割菜铲。
巧了赐个擀面杖，不巧了赐个吆猪棒。
巧了赐个写字笔，不巧了赐个没毛鸡。
巧了赐个磨墨砚，不巧了赐个提水罐。
巧娘娘给我赐吉祥，我给巧娘娘烧长香。
巧娘娘给我赐花瓣，照着花瓣了心愿。
莫赐宝贝莫赐钱，赐个阿家婆婆懂瞎好。
莫赐金子莫赐钱，赐个好女婿懂人言。

女娃瞪大眼睛看着各自的碗，按着心里的念想看，跟着大伙使劲儿地唱。之后，又依次把碗献在了八仙桌上，双手合掌许下了美好的心愿。

深夜，月亮明光光的。送巧娘娘的时候到了，大伙把巧娘娘像小心地请下神案，端着贡品，手执红香，哀婉地吟唱：

七月七，节满了，巧娘娘上天不管了。
有心把巧娘娘留一天，害怕天河没渡船。

有心把巧娘娘留两天，害怕走迟了天门关。
有心把巧娘娘留三天，害怕老天爷寻麻烦。
白羊肚子手巾写黑字，巧娘娘走了我没治。
巧娘娘走了我心寒，花手巾擦眼泪不干。
巧娘娘身轻出了门，石头压心沉又沉。
野鹊哥，野鹊哥，你把巧娘娘送过河。
驾白云，打黄伞，你把巧娘娘送上天。

送巧娘娘的少女队出了金菊的院，顺着老庄的巷道，走过了大槐树，出了老庄门，来到庄门前的小秦河边。

这个时候，凉风送来了另一曲送神歌：

巧娘娘穿的神仙衣，巧娘娘走哩我送你。
巧娘娘影子出了门，巧娘娘先行我后行。
巧娘娘影子出了院，我送巧娘娘心里乱。
巧娘娘影子上了房，我送巧娘娘脚步忙。
巧娘娘影子驾了云，转眼到了南天庭。
巧娘娘影子走远了，把我丢下不管了。
巧娘娘影子没得了，由不得人着哭开了。

这是河对岸传来的声音。借着月光，看到一队在河边芦苇中移动的人影。

小秦河边，金菊们用麻秆火焚烧着她们诚心供奉了七天八夜的巧娘娘。通红的大火，照着明晃晃的月夜。天上，牛郎织女星眨着眼睛。河边，是女娃们红扑扑的脸蛋。

女娃们伤心，有大声哭的，也有小声抽泣的。而梅梅哭得气都连不上了，只好由亲人搀扶着回到老庄。

对梅梅来说，叫巧娘娘是最后一次了。到明年的七月七，她将出嫁河对岸，做了大半年的少妇人，再也不能加入这女儿节了。

不过，这女儿节，对梅梅来说是难以忘怀的，也正是这每年的七天八夜，使他认识了河对岸的那个娃。多少个七天八夜，她俩说心事，比心肠，恩恩爱爱，硬是扭过了两家的大汉，成了一对自主恋爱的小情人。

小秦河滩，两岸的烟火在风中燃烧，芦苇和蒹草在风中摇曳。哗哗的河水仿佛回荡着一个令人凄酸的声音：

蒹葭苍苍，白露为霜。
所谓伊人，在水一方。
溯洄从之，道阻且长。
溯游从之，宛在水中央。
……

上　粮

夏天缴夏粮，秋天缴秋粮，这上粮之事从五帝平天下开始就没停过。老庄人说白雨打了，少不了喇嘛的！也从来没有谁表示过丝毫的怀疑。

麦子还在地里长着，夏粮的任务早就分配下来。收割打碾晾晒好麦颗，队长就安排会计负责，由山求吆着马车，拉了小麦去上粮。

早饭后，山求和饲养员拉出驾辕的大白马，选好拉套的三匹梢马，套上马车，检点刮木、车轮、缰绳，随后便扬鞭将马车赶到场房。队长和会计按着任务的大概数叫社员往车上背麻包，一袋一袋地数，足有二十几袋。装好粮袋，又点了几个男人并七八个女人，拿着笸箩簸箕，扫帚推耙，带上干粮，坐在摞得高高的粮袋上面，去筛簸公粮。女人们牢牢地抓着绑麻袋的大绳，生怕马车跑起来把她们摔下。怀了娃的火苗婆娘也去了。

“啪——”一声清脆的马鞭响起，四匹牲口尥开蹄子拉着老庄的粮食，出了庄门，顺着马路，赶往镇里的粮管所。

车上的人嬉笑说闹，摇摇晃晃进了镇子。

粮管所门顶是一颗大红的五角星。门两边的水泥柱上刻着刷了大红漆的：“深挖洞，广积粮；备战备荒为人民”。两扇大门敞开着，可以同时进出两驾马车。这时的粮管所门口人马驴骡出出进进，热闹得像一锅开水在沸腾。

老庄的马车由会计牵着头，挤让进了粮管所。女人们也都从车上小心地溜下，男人们开始卸粮，等着验粮定等收粮。

验粮的是一男一女，男的或用尖铁管筒插到麻袋底，提出些麦颗，或是从麻袋口抓一把麦颗，抛到嘴里咬干湿。凡他能咬响的就让女的记下，咬不响的，就让放一边去。女的拿个本本记着数。

还好，老庄的这一车粮食验上了一半，另一半没验上。于是，会计把几个人分开，把验上的粮食搬到粮管所的风车旁，一边过风车，一边装上被风车筛过秕麦的麦子过秤。

摇风车的是粮管所的女人。那女人懒，正好老庄的女人替她摇，摇慢些，多混几把秕麦，对老庄有好处。不到两个时辰，磅秤上边算盘子噼里啪啦一响，老庄人从泥土里刨出的粮食，进了公家人的嘴巴。

另一边，山求把没验上的十几袋麦子，找了个宽敞的地方，和几个人倒出来，推开来在院子里继续晾晒。

中午时分，粮管所下班。老庄的人靠在屋檐底下喝口自来水，啃着自带的干馍。山求给牲口添了些草料。幸好碰上了毒天气，晌午时，会计请来验粮的当场再验，总算过了关。女人们一簸箕一簸箕地簸干净，再过风车过数目。

今天，一车粮还算缴得容易。累了一整天的老庄男人女人，以及会计、山求，还有老庄的马都很兴奋。回老庄的时候，人困马乏，马跑得欢，车也颠簸得厉害。

突然间，火苗的女人肚子疼得直叫唤，几个女人大喝着让赶得马铃叮当响的山求赶紧停下。火苗的女人要生娃咧。有的女人说她就不该来，有的说还要十几天才生。火苗女人疼得要命，已经坚持不住了。女人们只好把男人赶走，七手八脚地收拾马车厢，幸好老娘婆也在马车上，一庄几茬人都是她看着生的，这回正好一显身手。

老庄的女人干活麻利，生娃也麻利，不到半个时辰，听得一声娃叫，一个愣头小火苗落在了马车上。男人们来了，一车的高兴。会计说，这娃生在马车上，干脆给起个车生的名。山求也说好，马车快，生得快，车生这名好。也有人说叫个粮生，上粮时生的。

一干人等，不敢再快跑，只好悠着走，到老庄已是吹灯时分了。好在月亮多少有些模糊，还能照着卸了马车。

更多的时间，老庄没有这么幸运，也不可能生娃，遇上下暴雨或验不上拉回来的有，住在镇上第二天、第三天再缴的情况也是常有的事。

夏粮刚完成，秋粮也就接着该上了。

秋粮任务有两条：一条是缴先麦；一条是缴胡麻之类的油料。先麦缴去由面粉厂加工成面粉，每月按一定的比例，当粗粮供应给吃公粮的。

老庄的先麦今年长势好，五日暴晒，一日雨水，先麦棒子掰得也干散。收拾到场房，堆得像山一样，女人家没黑没明地剥先麦皮，搓先麦颗。

这几日，连阴的天气连阴的雨，到后来老天爷像筛子一样，天天地漏，下个不停。

上面催粮催得紧，没办法，队长只好把粮分到户，让各家各户用火炕炕粮。老庄所有的炕都烧得通红，席子和被褥放在脚地，底下垫上柴草和先麦皮，人们黑了睡觉。

粮食一边用炕烘干，一边用簸箕簸干净。好不容易等了个好天气，队长连忙叫几个男人，还是由会计领着，山求驾了马车拉到镇上去缴。还派了几个女人也一同去，以防人家嫌不干净要再簸筛。油料胡麻籽是在锅里炒好的，另用麻包装着。

老庄年年上粮，尽管上粮的和收粮的常常展开斗智斗勇，但任务总是要完的。老庄人不知道为啥上粮，也没想过，可总晓得是公家人要吃。

老庄生产队散伙后，每家每户，各上各的，验粮的人便像收猪收鸡蛋的老袭一样被人抬着，十分地吃香。这些人有时心情不好，或两口子吵嘴干仗，把一肚子气往往撒在老庄这等可怜的庄农汉身上，非让你跑十回八回不可。

后来，上面突然不再要老庄人上粮。起初，老庄人不敢相信这是真的，难道公家发明了能够替代粮食的新玩意，还是寻到了不吃饭的长生丹？在他们心目中，皇粮国税，哪个朝代没有呢？

时代，真的在变！有些时候竟然变得让老庄人缓不过神来。

老 师

治华是老庄第一个上过师范的人，放在早年也算个举人出身。

治华的家在老庄不算太穷，尚且能供给治华读书。

治华在老庄的学园念了几年，考到了镇上的高小上学。他读书刻苦，成绩一直很好，高小毕业上中学，中学毕业上师范，学业上总是一帆风顺。

治华师范毕业，被分配到老庄当老师。

老庄的菊花本是康家的后代，尽管到她出生的时候家道早已衰落，但骨子里富汉人家的架势或多或少地保留着。这时的菊花家已经很穷，但她大供她念书的愿望十分强烈。菊花也常常被老庄人嬉称为大家闺秀，而不免产生几分自豪，甚至是一种优越感。

菊花也上了镇上的中学，但她没有上师范，而是被县上的高中录取。可菊花家里没有钱，一家人常为这事熬煎着。

菊花念中学时，治华已经有了薪水收入。尽管他其貌不扬，但对上学的菊花向来就有好感，加上有人撮合，治华便托人向菊花提了亲。提亲的人前脚刚走，治华就心急得像兔子一样，焦虑地等待着菊花以及她家的音讯。

星期六，治华一直焦急地等待着明天。明天，菊花要回老庄，菊花他大要把这门婚事告诉给她的女儿，看女儿是啥想法。治华几天跟丢了魂似的等待着他们一家，特别是菊花的回答。

星期天中午，提亲的人来见治华，说他把话说了，他大同意。菊花呢，菊花没有表示反对。治华想着女孩子怕羞，没答应就是默认了，因而感到心里热乎乎的。下午，菊花去县城的时候，和治华在槐树下见了面。治华把他早就预备好的五斤粮票和十元钱送给菊花。菊花将钱和粮票收好，感激地告别治华，去了县城。

菊花上初中上高中的几年，生活费基本上都是治华接济的。但几年间，每当治华谈起订婚结婚的事，菊花总是不置可否，或者顾左右而言他。

眼看着菊花还有半年高中即将毕业。有一次放长假，治华把菊花叫到他家。这回，治华没有再提他们之间的老话题。但最要紧的是菊花也没有明确表达出自己的想法。

治华感到很意外。但细细想，几年的时光，他们接触、说话的时间算起来也不少，可就是一直没有听到菊花对这桩大事上的态度。

菊花，更多的是内疚，他从心底感谢治华，让她即将读完了初中和高中；感激治华，没有他的支持她早已失学；感恩治华，他确实有一颗善良憨直的心。但说真实话，在提亲人没有出现在她家以前，她从来没有想过这回事。就是在正式提亲之后，她也一直没有太多的热情。治华没有走进她的心里，她总觉得接济她供给她上学，与他俩一起过日子是两码事。

菊花高中毕业，去镇上一所学校当老师。治华又一次提出婚事的事。这是一个初冬的夜晚，治华给菊花买了件新衣服，另外，还买了些日常生活用品。他来到菊花所在的镇小学。他们共同做了晚餐。晚餐尽管简单，但两个人吃着的时候，略有些小夫妻、小家庭的感觉。

这是最后的晚餐。晚餐后，他们一边收拾这个临时的小灶，一边谈着对以前交往的感受，以及对未来生活的想法。

尽管治华和菊花在这间不大的房子同居了一夜，尽管菊花流了一枕头的泪花，尽管治华第二天早晨起来看到冬天的太阳白乎乎的，好刺眼，像有十二个大大小小的太阳，但他们最终还是分道扬镳，各走各的路。

一年后，菊花和他初高中的同学，目前在这所学校一同教书的老师结了婚。

两年后，治华娶了老庄对面一个大姑娘做了老婆。

正当菊花生了第一个儿子，在老庄娘家坐月子的时候，他的男人被打成了“右派”，也下放到老庄劳动改造。男人比起老庄人白嫩多了。为了不让他下地干吃力活，老庄的大老爷安排他每天担大粪，他也很乐意。这活一个人干，别人说啥他也听不到。

为了这个男人，菊花也跟着在老庄的学校当了一个民办老师。

这时，治华当校长，菊花也少不了寻找机会在生活上照顾治华。两个人在同一个庄，同一个单位，干着同样的工作，但却各自养活着各自的男人和老婆，以及孩子。

菊花的男人后来被平反，菊花也随了男人，带着他们的三个孩子回到了县城。也有人说这大男孩有些治华的影子。

菊花进了县城，治华好像感到一种轻松。

乡　长

建武念书的时候，尾巴就这相：没眉没眼的吊脸上贴着塌鼻子，咧着大嘴巴，满头满脸的黄毛，顶着一个破帽子，整天趿拉着破鞋，两只脏手筒在袖管，蹲在牙茬骨台上晒暖暖。过路的人看惯了，把他当路旁一块石头，或一堆杂物，没人理他。满庄的人都不知道尾巴的爹娘是谁，岁数多大。

尾巴之所以叫尾巴，没有人晓得这名的含义。但尾巴毕竟不是狗猫，是老庄的一员。

尾巴也干活，但脚腿不灵便，夹着铁锨，背上背笼，走到地里时，别人已干完活往回走。尾巴力气很小，体质单薄，健壮人一声咳嗽，都能把他震倒。农业社时，只要能走到地里就给记点工分。分了地，他只能眼看着长草。不去他家地里，单看他的铁锈农具，便一目了然。

尾巴有老婆，老婆是个瓜女人，不会说话，腿脚也不灵便，可力气比尾巴大多了。地里的活，灶上的饭，烧炕的柴火大多是瓜女人弄。

尾巴一家在老庄的生存能力是最弱的。但生育能力还不赖，几年下来，生了二男二女，也长成了人。这一家人能生存繁衍，的确要感谢亲人共产党。在老庄，凡上面有救济，尾巴是第一人选，救济粮、救济款、救济衣服等等总是少不了要先给尾巴。一段时间，连粮食也磨不成面，大老爷打发人磨了给驮到家里。叫他领衣服，他不来，大老爷只好打发人送去。

多年来，尾巴傻人变成了懒汉，懒到房顶塌了半边，都得靠别人收拾。这心要大老爷操，赖活着没人说啥，真要被房塌了压死，大老爷罪责难逃。

尾巴言语不清楚，但在牙茬骨台上顶嘴抬杠，有时能把人顶得一肚子的气。他经常嘲笑干活蛮，跑光阴勤的人，说不如和他一样坐着等着。对他来说，干与不干没啥区别，共产党掌权，穷人当家做主，还能把他饿死不成！

尾巴一家的日子凑合着过，对他来说，黑了明了，晴了阴了，涝了旱了一个样，顶多言语不清地骂几句老天爷而已。

建武可大不一样，凡事总要占个上风。有白面绝不吃黑面，有肉绝不吃豆腐。当然，他在庄上干活也是最卖力的。

那年，建武报名参军，走出老庄时是何等的风光，他也就是冲着这身军装才去的。他想，保家卫国比整天在老庄下苦要好上十倍八倍。可三年以后，建武还是回到了老庄。

建武看到的尾巴一点儿没变，还是那相。尾巴在牙茬骨台上，依然言语不清地夸一阵建武。又好像说，没啥能耐，还不是跟他一样走老庄的路，吃老庄的饭。你以为你是谁，脱了黄皮跟尾巴我有啥差异？

过了几年，公社要招半脱产干部，建武死缠硬磨着大老爷，非他去不行。大老爷心思着他也是大熔炉炼出来的，说不定能给老庄出个人物，只好让他去。

建武报到，被分配在公社经委工作。他每天都兴奋着，终于又一次由一个上粮人成了吃半碗公家饭的干部。他也很珍惜这份工作，在公社的表现很积极，党叫干啥就干啥，赴汤蹈火，他在所不辞。

那些年，时兴办厂子、办社队企业。建武提着公务包，头发理得整齐，周身穿得干净，经常到外面搞些业务联系。几年下来，跑出跑进，在几个庄上也办了几个像样的厂子，比如针织厂、地毯厂、木器厂之类。由于忙着公务，平时极少回老庄。偶尔进庄，似乎先能看到尾巴。当然，尾巴还是那样。

三五年过去，建武被公社提拔为经委主任，品居副科级，这在当时是老庄最大的官了。为了显示自己的能耐，他引来浙江师傅，四处筹款在老庄办了木器厂，主要加工木材。厂子办起来，招了老庄的几个木匠，并亲自配了厂长。

老庄办了厂子，算是新鲜事。县里、公社的领导也常来视察，每次来领导，总是建武作汇报，领着参观。建武给领导们长了眼，他也一下成了公社和县里的大红人。

也许是时势造英雄，老庄的建武因功劳卓著被县里提拔为副乡长。此时的公社已经改为了乡。建武当副乡长这在老庄是重大新闻。

于是，牙茬骨台上老庄人端着馓饭聊天的话题又多了这桩事。尾巴的评论是先人坟好，不是坟好，他能干到乡长位上？其他人各有各的观点，但对尾巴的看法还是基本认可的。

当了副乡长的建武，按照乡上的分工管着乡镇企业，民政救济，又包抓着老庄的工作。那些年，计划生育管得很紧，副乡长建武更是不敢懈怠。上面压的放环、人流、结扎任务很大，他要求大老爷安排人，将早已超生的瓜女人结扎，顶个二女户的指标，但大老爷不发话。

于是，建武亲临一线，坐镇指挥，给尾巴特拨了救济款和救济粮。但尾巴听了旁人的点拨，说建武当了官，柿子单挑软的捏。瓜女人更是撕扯着，咿呀大叫，张口咬住建武的手。建武原打算从这家打开工作突破口，结果遭到了一庄人的强烈反对。最后，只好草草收兵。为这事，建武还遭到了他老子的痛斥。当然，他也少不了在乡党委会上做深刻的检讨。

尽管如此，建武还是由副乡长当上了正乡长，不过是调到别的乡去任职。建武像古今里说的，在老庄也是有功名的人了。

多年后，建武退休，告老还庄，岁月将建武由一个毛头娃娃染成了白发苍苍的老者。而在老庄，尾巴依然是那样，尾巴的女人也还跟从前一样邋遢地活着。

户　口

户口，是进出老庄的一道门坎，一旦贴上这标签，人便有了不一样的待遇。

因为户口，曾经把一个家庭的成员分成不同的类型，又把许多恋人像一条天河分隔在此岸与彼岸，也把多少个美满婚姻和幸福家庭无情地拆散，撕得支离破碎。

金凤和银瑞自幼耍大，又订了娃娃亲，两人感情也好。后来，银瑞吃了公家的饭，有了粮本，嫌金凤是农村户口，毁了婚约，蹬了金凤，一庄人都说他是陈世美。

老庄千号人几百户，大都是务农的出身，被冠以农业户，的确是名符其实的称谓。人在老庄有了户口，就可以分土地、分粮食、分油料、分柴草、分羊毛，就要上粮纳税，投义务工。超生的娃，上不了老庄的户口，自然分不上地，也就成了黑人黑户，长大后只能吃自家其他人的饭。

老庄的金祥被招到地区面粉厂当工人，可以挣公家的钱，但粮户关系仍在老庄。那些堆积如山的面粉，没有他的一口，他只能从老庄背着自家的粮食，或者兑换成粮票上厂里的大灶。

老庄的治华当上公办老师，户口转为非农业户。他拿着城镇户口本，吃着公家的粮，挣着公家的钱，是老庄其他人可望而不可即的美事。但他娶了农村的女人当老婆，女人生下的娃仍然是老庄的户口。这样，治华一家就有两个户口本：一个是治华的，他既是户主，又是成员；另一个是女人的，户主是女人，娃娃是成员。这个被称为“两户半”的家庭目前日子过得比老庄其他人要好，就是将来也是大有希望的。要么，上头有政策，女人娃娃可以转为非农业户口，要么，娃念书当了工人干部也理所当然地转出老庄。

满来是早年挨饿时送给北山人家的娃。大队散伙后，他要带着女人娃娃从山上搬回老庄。老庄没有接纳这一家人，理由很简单，户口不在老庄，分了地大家不愿意。尽管满来在老家有一份房产，有地方住，但没地方吃。满来的家族亲房多次闹腾大老爷，可大老爷终究还是没有给满来圆了这个梦。当然，满来的几个娃长大后，打工挣钱，给他在银川买了楼房。他想再回老庄的念头，也被岁月所冲淡。

当年，大伙都盯着转出了户口的几家人。看着人家不愁吃饭，不愁花钱，眼馋得要命。曾经一段时间，老子干公事，有公家户口的儿女也可以世代沿袭。户口可以改变一家人的生活，改变一个人的命运，把人分成几个等次。

有一天，厂子破产，工人下岗了，一大家人拿着非农业户口本，而生活越来越贫困。他们不得不想方设法地又要转为农业户，这样，最起码可以分几亩土地。金祥的一生就是被这户口本折腾了一辈子。他费了九牛二虎的力气，把女人娃娃的户口全从老庄转了出去。但是，几年以后，他下岗了，娃娃又不争气，上不了大学，当兵也验不上。当他终于又把户口落回老庄后，小女儿又因为是农村户口，城镇户口的子女分数线低，农村户口的子女分数线太高而上不了县高中。金祥觉得太背运，老庄人说这是命。

治华女人和娃娃的户口，后来上面松动了说可以农转非，但治华没有转。幸好没有转，不然，一个人的工资养一大家的口，还不喝西北风呀！

有一年，老庄来了石头镇的汉子，这人是老庄的存义在火车站当卸货工时认识的。汉子说，他在石头镇活不下去了，要找个地方住。存义说，老庄有一座院落，是一家城镇户口人家的老院，闲了几年，可以搬来住。于是，汉子在存义的帮助下，收拾了荒草，清理了屋子，并用打工得来的钱给房主付了租费，来到了老庄。

汉子来老庄没户口，也没有土地。他每天帮东家锄草，替西家背柴。过了些时日，接来了他的女人和两个女娃。一家四口人住在老庄。女人勤快，挺着大肚子做凉粉。两口子每天早晨四点起来，做两担凉粉，女人照看娃娃，汉子挑了凉粉担走村串巷换卖凉粉。午间和夜晚，汉子挑着先麦棒子、先麦面、荞麦面、麦麸等等回到老庄。半年过后，女人又利用房主的猪圈养了一头母猪和一头肉猪。这时，凡有老庄户口的能繁母猪都发补贴。这女人养的母猪没有户口，也领不到补贴。但是，两口子每天换凉粉、喂猪喂娃娃，过活得虽然辛劳，可也滋润。

原来，汉子在石头镇头一胎生了个女娃，第二胎乡上逼着做人工流产，结果没来得及，生在乡政府院子的连椅上，但还是个女娃。第三胎，上面逼得更紧，又要结扎。女人挺着大肚子整天东藏西躲，山水旮旯蹲过、破庙里藏过、先麦地里躲过。实在没处躲了，才被汉子领到老庄。走时，石头镇的人不知去向，又因为户口不在老庄，老庄也管不着。但他们仍然提心吊胆，怕那边派人来追。

翻过年，汉子的女人生了，是个男娃。两口子激动得不得了。这娃目前是黑人黑户，回去要罚款，但儿子毕竟生出了，汉子有了香火根苗，心里能不高兴吗？

汉子觉得他沾了老庄的福气，是老庄的水土养活了他一家，养出了胖儿子。出于对老庄的感恩，老庄谁家需要他出力，他总是乐意去。四邻的女人们换他的凉粉，他都是让得多，收得少。他给存义说，他爱老庄，不想回去了。存义觉着只要能吃苦，在老庄没户口，也能养活家口。

果然，后来的几年，人们都出去挣钱，老庄的土地荒了很多，汉子问别人不种的，种了几亩。田禾在地里长着，女人在屋里养猪喂娃娃，汉子农闲时依然换着他的凉粉。

户口，这个无形有形的门槛，曾经把老庄的人隔得天地悬殊。但老庄还是以它那宽博的胸怀，吸引着亲它爱它的老庄人，接纳着一切与老庄有缘的人们。

但是终或有一天，户口这堵墙掉下了皮，而且溃塌，老庄也将不复存在。

菜　根

菜根，是老庄的一台新闻联播。

菜根之所以叫菜根，小时候他婆经常给他吃菜根，就叫了这名。他还有个名叫勺子。那是他婆做馓饭搅团，常让他舔搅饭勺子而喊出的。

菜根吃饭舔碗，也是舔得最净的。老庄人一日三餐蹲在牙茬骨台上，一边吃，一边谝，多些时候总能看到菜根捧着大老碗，头闷在碗里不紧不慢舔碗的情景。

菜根没长大，个子很小，又有些驼背，腿也像拨枷反着往外撇，满面一张菜色大脸，眼睛深，鼻子长。老庄见到的他，经常背了一个大背笼，瘦长的脖子伸出宽大的棉袄领，斜歪着大脑袋，开心地咧着嘴笑。

菜根是老庄的饲养员，放管着一群牛。他多日睡在牛圈的光席上，但炕总是一年四季烧着。牛圈里草渣牛粪多的是，不用他操心再弄柴草。不仅牛圈的炕烧得热火，他还三天两头，晒些草粪往家里背，把她娘和女人的炕也烧得火旺。

每隔十天半月，菜根和老庄派给他的助手要在场房铡上一整天喂牛的麦草。铡完草，总能在铡刀底下扫簸十来斤没有打干净的麦颗。这些意外而情在理中的小收获，自然归菜根所有。所以，即便是青黄不接的季节，菜根的女人娃娃们总能有几口白面馍吃。

菜根自小好稀奇。十里八庄，哪里有电影、有新闻简报、有幻灯片、有木偶、有灯影、有大戏，他总是老早叫上几个伙伴撵着看，这瘾就是娶了媳妇有了娃，也从没断过。

菜根没脾气，当饲养员不仅有吃的，也冻不着，他的牛圈更是人气很旺。平常天阴下雨，闲人总往这里凑，晚上没瞌睡的人也来这里夜游。一个老大的土炕，光席上放着一个脏破的纸盒，里面的旱烟，有烟锅的装着吃，没烟锅的用报纸、牛皮纸卷着吃。要么打扑克，要么下象棋，屋里常常是烟雾腾腾、人声嘈嘈。有时候，菜根的一条新闻联播，大伙要讨论半晚上。

起初，菜根的新闻是在小广播里听。他听广播可谓全神贯注。后来，他攒了几十斤麦颗，到集市上粜了，买了一台不大的红灯牌收音机。他把这台收音机当宝贝，放在桌上供着，外出时夹在怀里揣着。人们听到收音机的声音，就知道是菜根。

有一天中午，队长叫菜根，菜根走得紧，忘了带收音机。这半天，菜根简直跟丢了魂似的。回到屋里，他迫不及待地看他的收音机，一看傻眼了。收音机在大炕上，防尘罩、调解开关等等，大凡有缝有眼的地方，都塞满了馍渣和茶叶水，收音机不响了。

菜根急疯了，瞅着两个愣头小子，斥问拷打。大小子结巴地说，里面的人说了半天，他俩给喂了馍，灌了水。人吃饱喝好，不说了，睡觉哩！菜根把俩小子狠狠揍了一顿，打得鼻青脸肿。最后，到集市上请了人给清洗修理好。

菜根对老庄的大事不闻不问，但对牛圈和他养的一圈牛，比他的老婆，以及愣头小子还熟知。他晓得哪头牛与哪头牛亲热，哪两头常挤犄角，不能驾在一个辕上，哪头认得老庄的谁，吆着耕地不使倔。他更能准确地掌握哪头牛在哪几天发情，哪头牛在啥时辰怀孕下犊。

菜根是要唬人，可把一圈倔强的牛畜拨弄得服服帖帖，全听他的，而且牛群不断地壮大。长时间混在牛圈，人通牛性，牛也通了人性。当菜根的收音机停止声响，或者他那“蹼踏蹼踏”的脚步声响起，所有正在吃草的牛，会中断吃草，齐刷刷扭过牛脖子，朝炕上和外面张望。

别看菜根成天和牛打交道，老庄的大事也不上心，可对国家大事、世界大事、各地新闻记得很多。中央开会，那些中央委员的名字，他会用老庄式的北京话倒背如流，次序不乱。哪个地方开啥会，哪个领导要去，他猜得很准。外国谁跟谁打仗、胜败如何，哪国谁来，谁接见铁托说了啥，胡志明在干啥，齐奥塞斯库去哪了……菜根在牛圈里，在牙茬骨台上谝得头头是道。人们听他说这些稀罕事，有的抬杠说这跟你菜根有啥关系，真是母鸡替公鸡叫鸣，瞎操心！菜根立刻反驳他，哼！你等着，第三次世界大战起来要你娃的命，咋没关系！

说归说，可自己的日子总不能光靠看稀奇，听收音机找乐。菜根眼看着生产队散伙，也寻思着挣钱的门路。

老庄一带，有二月初二吃豌豆的习俗。据说，人们吃了一正月的腥油，迷了心，连脑子也沾了油。二月二，龙抬头，该动农了，吃了干而带响的豆子，能把人惊醒。因此，家家户户要炒些黄豆、蚕豆、先麦豆之类的干果。

菜根看这营生能行。于是，便凑了几十元钱，从旁人手里倒买了一个旧爆花机，挑着担子，走东庄，串西庄，在显眼的地方支起摊子，烧起炉子，做起了爆麦花的营生。

正月十五以后，每到一个地方，菜根吆喝着“爆先麦花哩——”，便有女人娃娃端着先麦，抱着柴，提着口袋，在菜根跟前排了队。菜根一手摇着鼓风机，一手摇着爆花机。估摸着装在爆花罐里的先麦开花时，菜根提着罐子，朝罐口的麻包开罐。“嘭——”一声巨响，站在远处捂着耳朵的娃娃蜂拥而上，在罐口喷出的一股烟雾里，拾着溅出的先麦花。菜根还备了糖精，一罐加糖精收一块，不加收五角。但这营生过了二月二，就是淡季，路跑不少，却挣不了多少钱。

包产到户，老庄粮食多，老鼠也多，可猫都让老鼠药毒绝了种。菜根从收音机里听到有一种叫电猫的仪器。于是，他托人买了一台，每天晚上给人家打老鼠赚钱。有人请他去，他便把电猫接上电源，在院子里布满铁丝网。之后，便穿上一双长筒胶鞋，手提棍子等着。当电猫发出吱吱的警报时，草根便提上棍子，跑到铁丝网跟前，对着被电击中、粘在铁丝网上张爪摇尾、拼命想挣脱的老鼠当头一棍，然后提着死老鼠放在篮子里，得意地叫主人记下数目。

来回折腾一夜，很有战果，能打三五十只，每只五角，也能挣几十块钱。人说菜根有法力，在一个地方守网待鼠，而且，每隔半小时左右，就能等到一只老鼠，好像他会用魔咒遣来鼠魂一般。

其实，人有人的活法，鼠有鼠的心眼。老鼠在地下的洞是串通的，群居的习性也是一个跟一个，一窝串一窝。当他们发现前面的不见时，以为找到了美食或好事，第二个、第三个就会前仆后继地跟上来。往往是在主人家打一晚上也打不完老鼠，吓得主人不敢再让菜根打。过了几天，邻居家几乎不见老鼠的踪迹，而这家老鼠依然很多，跟没打一样。

后来，菜根的电猫在老庄也失灵了，没人再花钱请他。在外庄转了一年半载后，他只好把这件曾经在老庄制造过新闻的电猫，当作一件陈物搁置起来。

眼看着俩小子长大，大和娘都老了，还守着爷留的三间破屋。眼下，菜根面临娶俩儿媳、盖房子、埋老人等等大事，都得花钱。菜根不得不离开他在老庄的安乐窝，跟上别人去外面打工挣钱。别人都出去了，他不去，往后的日子不可像耍电影一样。

于是，菜根收拾行李，背着铺盖卷，揣着收音机，离开了老庄。

菜根没念过书，认不得字，也没啥手艺，只能找力气活儿干。

他和他的同伙到车站当搬运工，到建筑工地和水泥，到面粉厂扛麻包，力出了不少，钱挣得不多。可菜根总是像在老庄一样的快乐，收音机里的国家大事、全球新闻，他依然关心。凡有机会，他总要抢着发布听到的最新消息。

老庄的菜根一年四季，像候鸟一样，去包头，去宝鸡，去西宁，去广州，打了近十年的工，也没有攒下盖房子的钱，花大礼娶儿媳的事更成了天方夜谭。他只好猫在家放牛，耕地务农听收音机。

这个时候，菜根那两个曾经给收音机喂饭吃的小家伙都已经长成了大少年。他俩跟着老庄的人出去打工。年轻人心灵活，老大学会了砌砖，老二学会了电焊，兄弟俩挣钱一年比一年强。菜根又过上了从前无忧无虑的日子。

某一年，菜根的老二回家，不仅给他领来了一个卷黄毛儿媳，还抱着一个三个月的胖孙子。菜根只好搬到牛圈去住，把三间破房腾出来，让给老二。腊月，老大从西宁回来，尽管没能领来媳妇，但带回许多钱。来年开春，兄弟俩把菜根一家住了几代人的老屋翻修一新，又盖了五间平房，把菜根从牛圈接回了家。

小子们的翅膀硬了。活了一辈子心闲人的菜根，真正成了抱孙子的闲人。他依然爱听收音机，所不同的是老大给他买了一个很小的啥都能听的洋玩意儿。

他也心疼过，那是在看着把他一手喂养的牛分到户的时节，是一头一头熟悉的牛一夜之间被卖出老庄的时节。当老庄闻不到牛尿味的日子，菜根的心里的确不是滋味；当他的新闻不再被人关注的时候，菜根不禁有一种说不出的失落。

但，生活毕竟是生活。没有了牛的日子，缺失了对新闻的兴致，老庄的菜根，时至今日依然开心地活着。

古　今

伴随着四季雨水的变化，秦河时大时小，昼夜不息地流淌。或许在经过老庄的瞬间一瞥，曾经真切地看到老庄的容貌，但那毕竟如白驹过隙，能够记住多少老庄的故事？

游脉岭静静地目视着老庄，春荣秋枯，夏雨冬雪，轮回往复。在她的怀抱，经历了老庄多少年多少代生命的繁衍兴衰？老庄，尽管没有惊天动地的历程，但那些一代一代子子孙孙，锲而不舍，谋求生存的活态，是应该记忆在山岭的泥土与草根上的。

老槐，是老庄的神祇，是老庄的忠实史家。一切的善恶美丑、恩爱情仇、悲欢离合、是是非非、生死轮回，定是刻在那苍老的年轮上的。

关于老庄以往的印记，少许仅存于一辈一辈口耳相传的一种叫“古今”的传说里。

老庄，截至目前能够记得的一辈，不知是哪朝哪代。

那一年，是老庄的鼎盛期，也是老庄的衰败期。老庄人从四处听到各种各样的传闻。群雄恶斗，逐鹿华夏，到处是狼烟，到处是匪患，不时传来杀人如麻的消息，也不时传来城破村毁、灭绝门户的恶讯。

面对可能降临的灭顶之灾，老庄几户有些银钱的绅士合议在庄顶险要处修个土堡，全作一庄人等的藏身处所，以躲避突如其来的人祸。

当死亡来临的时候，不管是富人、穷人，大家似乎一夜之间变得亲热起来，往日的人仇人变成了人爱人。大约不到半年的工夫，老庄的大洼边上，一座土堡巍然耸立。它是老庄所有生命，包括财产的救命绳索，把一庄人牢牢地拴在一起。

果然，一场灾难降临老庄，不知从哪来的一股强盗直扑老庄。那天，全庄人争先恐后，拖家带小，没命地奔向土堡，龟缩在土堡三天三夜。强盗知道土堡里有吃的，但喝的水是从哪里来的，终究寻不出渠渠道道。

丧心病狂的强盗，把老庄翻了个底朝天，绝望之际，在麦草垛底下发现一个女人。强盗如获至宝，提出来审讯，那女人满头的脓疮，三声问个九不喘，强盗迫不得已，指着自己的嘴。登时，女人马上表现出急切的样子，起身指着门外。强盗跟着她出得院门，女人看见出水处时，踢了两脚，一片瓦被踏碎。强盗见一股清水汩汩流淌，女人也没命地用手掬着喝。强盗顺着水流的方向观察，正好通进了土堡，立马毁坏水源，切断了土堡的生命线。

不到三天，便有老庄的山民出来，接着四五天，有更多的山民，以及骡马从堡门拥出。众强盗蜂拥而上，攻破土堡。登时，刀光闪闪、血流浆浆，可怜把一庄老少众男女一个一个成了刀下之鬼！强盗劫了粮食财帛扬长而去。

眼前的古堡一片狼藉，惨不忍睹。树梢挂了一轮古铜色的寒月，发着白光，看着老庄。

全老庄仅这女人有幸存活了下来。后半夜，女人看到从堆积如山的人肉堆里，慢慢地昂起一颗头来，又垂下去。再昂起头时，女人从人肉堆里爬过去，摇着这颗人头。半晌，这个面目全非的人头，张开了嘴巴，女人试图帮他合上。猛然间，女人好像感到有一丝气息，便撕破烂衣，将干瘪的乳头，塞进男人的嘴里。女人的心胸在剧烈地颤抖，男人猛地挣开双目。女人看时，一滴干涸的泪，沾在没眉没眼的睫毛上。

其时的老庄，只剩下这个不会说话，满头秃疮的瓜女人，她是别人逃命时被遗忘的唯一生命。另一个生命，就是被这女人从死人堆里拨出的男人。

老庄后人这么说着先人来历时，似乎说这男人姓王，并说庄背后山神庙龛上有他的牌位。

关于老庄根源更多的说法是来自山西洪洞大槐树，并说山神爷正儿八经就是这一支血脉的领头先祖。

不知过了多少代，老庄又红火得像夏天的日头，烤得四邻八乡都热眼。老庄的大户秦老爷本是晋商一脉，周身的财气人气，更是旺得火烧火燎。秦氏八房份占尽了半个县，家大业大，小使满院，丫鬟满屋。大爷不仅地多人广，而且生意兴盛，连老庄门前贯通一县的河都姓了秦。在老庄，大爷有护院家丁十多个，生意场上一路出去，下川蜀，进关中，都有自家的客栈。

某年，陕北一路惨遭横祸，土匪一夜到明杀死秦家十二个商号掌柜。尸首搬回老庄，设坛场葬亡人，仅杀猪毛在院中就铺了厚厚一层。猪肉定是办丧事人等享用了。至今，在老庄的大荒坡，还能见到当年的残碑碎石。

秦家一二百年的兴盛，功名自然也是有的。秦老爷的后人家尚存遗物有皇太后所赐朱砂半截，祭器玉斗四盏，四扇屏风一副。另有皇太后六十大寿御制梅画一轴。据知情人透露，秦家曾出过翰林，并有曾担任过朝廷红笔点状元的主考官。也有人说这官不止一个，多得是，最次的也是县官、教谕之类。并说秦家钱多，都是捐官，没啥实权。

秦三爷是出了名的大善人。老庄传闻，秦三爷一连三夜梦见白虎前掌在同一时辰抚抓着他家门环，甚感诧异。于是便问大门两厢房住的伙计，何人深夜回府叩门。众伙计不敢怠慢，只说是放羊娃忠儿每晚回家迟。忠儿自知理亏，不敢正眼看老爷。秦老爷叫忠儿在厅堂回话，忠儿年方九岁，体格却生得结实。见老爷召唤，忠儿乖巧地立在廊下，等着老爷训示发落。

和善的秦三爷拉着忠儿的手，感到很厚实，又问了他每晚回府的时辰，与他做梦的时辰一模一样，心中越发吃惊。

秦三爷猛然记起，伙计们常说忠儿力气大，还说夜间行走，双目如煞，红彤彤似两盏纱灯。秦三爷心中思忖，这娃不是放羊的，要好生扶持。

秦三爷命人接了忠儿他娘，住进秦家大院。并给忠儿请了师爷，日夜给忠儿教文习武。忠儿果然聪颖，才艺武功，长进很快。

那天，忠儿跟了伙计去山里驮炭，经过一条仅能通过一匹骡马的小路，路下是崖，实在让不开对面来的一头骡子。忠儿登时双手像钳子一样，抓在鞍子上面，连驮带骡一同提到路旁埂垅上，让开了道。

某回，有一强人剪径，被忠儿一把拽住，将一棵小桦树拧裂牢牢捆住，丢在了另一棵树上，强人顿时吓傻了眼。

开学三年，朝廷在西安府设科场，秦三爷给足了盘缠，使一老者领了忠儿赶赴西安应试。果然，忠儿中了武举人。又三年，秦三爷打发忠儿去京城，忠儿又中了武进士。放榜时节，老庄兴奋得翻了天，秦三爷见人只说，忠儿是白虎星下凡，是老庄的荣耀。

忠儿是极通情达理的人，把秦三爷当亲老子对待。三爷过世，忠儿以义子名义披麻戴孝，扶柩厚葬，深得老庄敬重。

忠儿后来放任巴蜀、陕西、甘州等处，征战沙场，立了功业，做了忠武将军，朝廷也诰封他的母亲为诰命夫人，并追赠了他的父亲。在老庄，尚能看到将军习武大厅，只是年代久远，破败得不像样子。而曾经鼎力扶持，接济忠儿母子的秦三爷，也只剩下一座破烂不堪的四马悬蹄式门楼，尚可窥见昔日的荣光。

老庄总是那样，几年盛，几年衰，几家败，几家兴，而兴旺之时也往往预示了衰落的开始。

今天，老庄尚有上院、中院、边院、佛堂院、书房院的残垣断壁，可以勾起老庄人的另一段深沉记忆。人们能从粘满蜘蛛网和积灰的百忍堂、五福堂、三多堂、耕读第门匾，追寻更近一代老庄的历程，印证古今的真假。

这是康姓一族的辉煌印痕。

早年，八十太太康老夫人嫁到老庄作小，接二连三，一年一个，给康老爷生了五个儿子。康老爷咽气后，康老爷的弟侄并大奶奶们对康老夫人另眼看待，将她们母子赶出上院，赶到山庄，分了山顶上的薄地，只给了一匹老马。

康老夫人眼含泪水，由侍候她的老仆陪着，牵了老马，领了一帮娃，搬到了平日里只有伙计们干活住的山庄去住。

康老夫人在山庄用她的嫁妆典置了本钱，开始经营新的院窠，含辛茹苦拉扯抚养着五个儿子。老爷堂屋那一百个忍字让她渡过了一百个的难关，她也始终没有忘记“耕读”二字。农忙务庄农，农闲做家务，总不忘给娃识字讲道理。老仆也将那匹老马好生善待，也下了三匹小马驹。

老大成人后，去到老庄，硬是要回了他老娘的一份家业。这期间，老夫人不让他和人家争执，但老大硬是要跟人争个高低。结果遭人诬陷，说他偷了大奶奶的钱财，被告到衙门要坐牢。

忠诚的老仆，百般乞求老夫人，让他顶罪。他不能因为儿子再伤老夫人的心。大堂上，老仆被严刑拷打，打了四十板，夹了一夹杆。好在苍天有眼，县太爷看出了中间的破绽，放了老仆。

为救老大，老仆受了一场罪，险些被杀头。老夫人恨气不过，把老大赶出了家门。听说这老大后来投靠了大奶奶，游胡拉宝，抽大烟要钱，沾了一身的瞎毛病，把大奶奶的光阴踢撒了个精光。

老夫人在经历了一场纠结后，又全心投入到抚养另外四个儿子的事业之中。真是功夫不负有心人。老二求取功名，考得了武学，老三又接着得了经鉴。康氏家族在老庄的日子又红火了。

当老庄人看到上院那座高出堂房的三层木绣楼时，昏黄的青灯忽闪忽闪，有人说那是当年康老爷专门给康老夫人修建的。也有人说，那是作了经鉴的老三给孙女修的。

老庄很平常，没有史官，更不可能专修起居注。老庄的来历、老庄的功名、老庄的荣誉，只有那些年代久远的陈迹或许能够真实见证。除此之外，就是这接辈以传的古今。

老庄人说着这些古今的时候，总离不开说先人的功名。在老庄，屋脊上能瓦得起兽脊的是有功名的人家，堂上赐了匾额的是有功名的人家，家谱上记载的是有功名的人家。

在老庄的眼里，皇城相府，边关沙场，市井科场，那些在人前显贵的，在衙门当差的，一个一个，追根究底，几乎都是从像老庄一样散落在四山八洼的农庄走出去的。

老庄，是民族的根，是文化的根。

学 园

老庄的学园，在康家大坟边。

学园起初是拆了永宁寺的卷棚盖起的。后来，流落到老庄的老长工张大爷，感念着他在老庄的发迹，又高兴着解放的荣光，捐了自家的三间东房。于是，老庄有了新的学园。老庄人说这是学园的文脉。

学园四周，夯了不高的土围墙。外墙外是曾经出过武学和经鉴的康家坟院，像馒头一样的坟，整整齐齐，密密麻麻。春草寸生、野花飞溅的正午，晒热的先人呼出的热气蒸散出来，漫过学园的头顶，飘向老庄的树梢，落在老院的瓦脊和屋檐。

学园坐北朝南三间教室，坐东朝西三间教室，坐西朝东三间老师办公室。南面敞开着，学童们翻过低矮的墙帽，爬到先人的头顶，或嬉耍打闹，打滚玩笑，或斗膝摔跤，骑马打仗。女童们往往能摘些五颜六色的小花，挖些菓蒌邪蒿，拾些地软小蒜。这情形，跟躺在婆的怀抱一样温馨。

老师摇着老阴阳的铜铃，学童们一个一个爬过墙帽，叽叽喳喳，挤进低矮的教室。教室有木桌子木板凳，也有用土块垒起，支了木板的长桌。老师在永宁寺“佛光普照”额匾改制成的黑板上，用他们自己制作的白土粉笔写着人、口、手、大、小、少等等。学童们伸起臂手，跟着老师在空中横撇竖捺地述空练习。有段时间，黄土塬上的干风连着刮，课间要热的学童坐在糊了千疮百孔塑料纸窗的教室里，吊着鼻涕，咳嗽声此伏彼起，可功课不敢怠慢。

老庄似乎有一位校长住得年成很长。这校长姓曾，人呼曾老师。曾老师微胖，个头不高，腿脚不大灵便，从制帽到制服永远地宽大，而且总是披了外衣。

曾老师是唯一住在学校的老师，跟当年永宁寺老师傅一样。他自己盘了小灶，一天三顿饭自己做。放学后，他一边做饭，一边把没有背会课文的学生娃留在教室，谁背会了，到他的灶房兼住室背诵。有的本来背会了，但在老师跟前，背着背着记不起，曾老师便习惯性地在扇一把脖子的同时，连着踢一脚，再背去！学生娃只好回到教室又捂着耳朵，摇头晃脑地大声地念。

学校穷，校长开学时给五六个老师每人发一包红墨水精，兑上水，当红墨水批改作业用。再用一把老扫帚，抽出竹棍，砌成小节，削成笔，每人分一捆当笔用。老师们用的粉笔，是曾校长领着老师和四年级、五年级的学生到老庄以外十多里的白土崖，背了白土，研成细末，滚制后，晒晾出来的。尽管没有公家制的流利，但写在黑板上的字能看清，也能擦掉。板擦是烂毡片卷的。冬天烤火的木炭，有时是从炭客那里买的，有时是老师跟着炭客到深山背的。学童们手冻得握不住笔，往往自己制作一个铁皮手炉，里面装上从家里弄来的小木炭，放在脚下或在桌子上，两手捂着取暖。

穷人的孩子在这样的环境认字念书，这在老庄看来已经是很奢望的事。想想他们的大人有几个能有这等待遇？

老庄人总相信严师出高徒。因此，对那些想法教娃们乖爽听话的做法，也就见怪不怪。老师教训学生，有的提在你的下巴下叫你抬起头，失笑又难受；有的搓耳边的呲嘴毛，干疼得掉泪花；有的让你在烈日下晒太阳，烤得晕头晕脑；有的让你张口盛屋檐的雨点记数，还真长记性。但大多是打手板、扇耳光。不过，几个年级里面，经常能得这样赏光的也就那么几个。

某年某月某日，下午某个班上课，老师把铜铃摇得里边的铁撞蛋都落了，可教室里没有人影。另外几个教室也稀稀落落。

这是一个公狗母狗发情的季节。大娃领小娃、小娃跟大娃，都集中在老庄的场院。老庄的大狗小狗、公狗母狗、黑狗黄狗在场院乱作一团，它们两只一对，三只一团在疯狂地叫着咬着，寻求着最佳交配的对象。娃们用棍子赶着，按照他们伙伴之间的亲热程度，给这些杂种配着对手，齐身喊着“加油！加油！”娃们的吵声，狗们的咬声，在场院飞扬。这样的情形持续了几个中午。当然，这次老师给领头的几个娃，用上了所有教训学生的方法。

冬日的中午，老庄的学生娃大都穿着没有衬衣衬裤的棉衣棉褥。他们有的在学园里滚铁环，有的打沙包，有的踢毽子，有的斗膝盖，更多的是一排娃娃靠在墙根挤肉肉找乐取暖。

某天，几个顽皮的家伙，一个站在一个的肩上，用竹棍掏捡屋檐椽眼里的鸟儿。结果，鸟儿没掏着，弄得鸟毛草屑飞满教室。自然遭到老师的一顿臭骂。

老庄学园有一台啥人捐的风琴，上唱歌课时常常出洋相，弹不响；也有一只脱了皮的篮球，但上体育课就没气，学生于是将一节体育课变成了吹气包的接力赛。

文化意义上的苍白，使老庄孩童们在他们的儿时显得这般无聊。但学园毕竟是一个不可或缺的乐园，娃们耍着玩着，不觉长成青年和大姑娘。

老师们像老庄人种庄稼，忙乎几年，总是广种薄收。一年级、二年级娃娃多些，到三四年级一级比一级少，五年级只剩不多的几个。想想看，也就这回事。叫你们都读书做官当老爷，老庄那大片的地谁务？世人都想把官做，谁是牵马垂镫人？

但学园的功绩绝对不可小觑。给老庄长眼的乡长建武，校长治华，当教师的狗娃，算盘打得精准的会计，掌管文书的寿生，以及大老爷派出的商店营业员等等，哪个不是这学园边坟头上滚出来的人精呢？

祈　雨

老庄的西山上有棵大柏树。

大柏树的旁边有座八海龙王的庙。据说，这龙王掌管了老庄乃至县城方园五十里的雨水，而且很灵验。

大凡天旱，老庄的庄头们总要议论着祈雨的事。老庄的五馗自然成了其中的重要人物和专业角色。

那年，先麦地干得裂口，刚刚出来的苗子被毒日头整天地烤着，小麦地也干得扬不开花。老庄期盼着一场透雨滋润他们辛辛苦苦的成果，更担心这旱下去，人会挨饿遭灾。

老庄人整天看着干枯的庄农，一些人虔诚地到龙王庙烧香叩头，祈求赐给大地一点儿甘霖。

五馗掐算了一个吉日良辰，老庄的男人们全部会集在龙王庙，由庄头安排着祈雨的大事。

龙王有它的湫，这湫池在西庄的柳树泉。庄头请五馗召来另庄的几个同行，披挂起道袍，支起坛场，开卷念经。庄头安排人先到柳树泉附近埋了签。如果龙王能找到签，才肯起驾祈雨；倘若找不到，便死活不肯祈雨。

祈雨经诵了三天。第三天中午，老庄人抬着八海龙王的轿子，吹着吹响，先到柳树泉附近取签。老庄人跟在轿子后面护着。

在柳树泉，龙王爷的轿子满沟轮了半天，还好，取上了签。老庄人看到有了指望，心中不免欢喜，给龙王爷贡献了老庄能拿得出的上好贡品。

于是，庄头挑选了七七四十九人，连夜抬着爷轿到西沟河与秦河交汇的沙滩上去祈雨。这四十九人不能戴草帽，更不能回家吃饭。他们的干粮只能由愿意供奉的老庄人往沙滩上送。

人们在沙滩连着几天几夜跪着，八海龙王也被请出轿子，由人抬着一起被太阳烤着。沙滩上，五樤念一番经，人们叩一番头，不停地烧着纸钱，燃着香蜡。

龙王爷被请出来只能等下了雨，才能回庙，祈雨的坛场才能撤，人才能散开。这几天，五樤不停地敬着龙王、祈问着龙王，等待着下雨。五樤挥着打神的麻鞭，不停地打着轿杆、问着龙王爷的音信。

你囊家听着！你说有雨，轿杆往前点三下；没雨了，你站着别动。

抬轿的四人一丝不动地抬着。五樤说，龙王去东海请雨去了。

每天，人们和泥塑的龙王爷一样，被太阳烤晒着。当然他们是不能给水喝的，只能忍着饥渴。

果然，人们看到大柏树在缓慢地摇动，感到头上有一丝凉气，起风了。

刮了一阵风，龙王庙顶上挂起了一朵黑云，黑云慢慢地向河滩顶上铺开。五樤们的诵经声越来越大，越来越急。

一瞬间，漫天的大雨从南向北洒落下来。老庄人一个个被雨淋得像锅里捞出的鸡。河滩上一片欢闹，人们给八海龙王披红挂彩，放着鞭炮庆功。

祈雨成功，不管雨下得大与小，总要唱戏念经，给神还愿。久旱唱大戏，短旱唱灯戏，唱的是古今传奇，人神同乐，至少得三天三夜。

有时，人们不需要下雨，但八海龙王似乎闲着没事，兴风作浪，无端的暴雨也会顷刻之间从天而降。

七月十五，据说是邻庄供奉大神太白金星的生辰。每年这个时候，庄上都要在河滩的村子里搭台唱戏，以示庆贺。那年，下午戏唱得正欢，忽然间，原本晴朗的天空，一声闷雷，随之而来的是瓢泼大雨。人们来不及收拾，连戏台上的道具都被大水冲走。好在这雨猛下猛晴。

雨过天晴，立马就有人在太白庙烧香时被神魂附体，说他是八海龙王。这庄里的阴阳先生原本添了他的神牌，但把牌位摆放在桌上，被谁不小心撞到了桌子底下，这是一场雨的来龙去脉。有人到迎了众神牌位的屋里去看，果然，八海龙王的牌位还在桌下躺着。于是老庄人说，把龙王爷得罪了，龙王爷发了脾气，给那庄人看。

面对捉摸不透的大自然，面对无数突如其来的灾难，老庄无力回天而又期盼着一种超人的力量。于是，老庄人塑造神，敬畏神，却又被神所统治，所奴役，这难道不是老庄的悲哀吗?

值得欣慰的是老庄人实在。当某一天他们能够看到电视上的天气预报时，祈雨这活动便悄然不再，龙王庙尽管依然矗立在西山大柏树旁，但香火大不如从前。龙王爷因祈雨灵验，大受敬拜，无限风光的那种场面，更是不复存在。

剃 发

别小看了老庄，单就那头型发式，不仅存留着早年的印痕，也显露着当世的潮头。

没有人规定老庄人该戴什么帽子，不该戴什么帽子，但早年一色的青小帽，不知不觉都换上了檐檐帽。悄然间，又大都不戴帽，总像被风吹走一般。

但是，如果这样简单地看待老庄，显然是不够的。五爷的剃发刀便如秦简汉牍刻下了老庄的些许符号。

五爷在老庄是剃发的把式。他的行头是一个脏得出奇的小包。包内装有几把剃发刀，有的如微型铡刀，有的如灶上的切面刀，有的像小匕首，另有上面打了小孔，系了小绳的磨刀石，以及滗刀皮带。

五爷的绝活是执了锋利的镰刀或刃片，自己给自己剃发。当然不是照着镜子，而是凭手分和感觉，一刀一刃地往下拉，从不重复第二刀。他给自己剃过的头，一发不留，双手一摸，宛若葫芦一样地明光水滑。

老庄年份最久远的是永宁寺老师傅的发，从来没剃过。出龙门洞还俗，依然保持了披头散发的原貌。五爷曾试图在老师傅头上一显身手，终未能如愿。

老阴阳燃灯的发，也是五爷的遗憾，一根汗毛没人敢动。燃灯的头发稀疏，而且总是梳起来，在头顶挽一个不大的髻，再用一根很脏的带子扎紧绑牢。

老地主富爷，肥大的圆脑袋上总是留着光绪登基那年的辫子发。额顶被五爷剃得锃明光亮，自己辫的辫子盘起来，再戴上宽大的青布小帽。富爷请五爷给自己剃发时，经常给他的宝贝儿子一同剃，发式也与他的相同。这父子俩的光绪发辫在斗争的年月也硬是保留着。造反的人拽着富爷的辫子，富爷死命地捏着辫子根，像拔河一样，摔得人仰马翻。末了，人们只好在富爷宽硕的脖项间用掌砍，名曰“剁刀”。而小儿的发辫，也常常成了伙伴们嬉耍的工具。五爷几次劝说，干脆给爷父俩都剃光算了，可富爷对他的建议总是不屑一顾。

没牙老汉留的是假洋鬼子头。曩家曾在县衙当过几天马夫，跟着主人一起革命的成果是剪了辫子。革命胜利，吃香喝辣的日子也混了些时辰。所以，回到老庄后，始终保持着剃额剪发，不动后脑勺的秉性。老庄人戏称没牙老汉的头是阴阳头。因为前额是五爷剃的，而脑背头发是他老婆剪的，一男一女，一剃一剪，形成了没牙老汉独有的风格。

老庄的娃娃月子里是接生婆子用碗渣儿剃，而出月后也都是五爷给剃。大抵是五爷的手分轻，娃娃们不觉着疼的缘故。娃娃们清一色的秀头，只在额门顶留一小撮发，其余地方全部剃光。有些娃娃，爷娘说体子瓤的，还在脑后留上一撮发。个别性大，一哭便背过气的娃娃，要在耳根旁留几根“呲嘴毛”，以备关键时刻提神摄气。

少年的发式与没牙老汉相反，只是留得小些短些，苫住额头而已。

其余老庄男人，凡棱瓜头、酸梨头、姜泡头、枣儿头、圆头、屌头、大头、鹅头、碎头，在五爷的刀下，总能刮剃成灯泡。光头干散凉快，洗起来从头到脸，两手一抹最省事。五爷剃这类头发，看人的秉性。他常说性子烈的人头发粗硬，性子绵的人头发绵软。在泡洗头发前，五爷会用一根指头在脸盆中一蘸，试一下水温，之后让你再泡头发。这中间，五爷一边斜瞪眼看头型，一边从包里掏出刀子和磨石，把磨石放在手心，吐一口唾沫，轻盈地磨着小刀。待第一刀拉下，便迅速把刃子放在滗刀皮上，上下翻正，来回两拉，嚓嚓两滗，再动第二刀。耳根、脖项又要换刀，刮脸刮胡子则是另外的刀。老庄佩服他娴熟的刀法，都管五爷叫“老三刃”。

除了刀法的老道，五爷的指法也很特别。他是左撇子，剃发时，左手执刀，右手蜷住小拇指，伸直四个指头，把人的头拔得像蒜锤一样，跟着他的刀转。别小看这四个如掐诀念咒的指头，它们像四维牢牢地把你的头掌控在他的操作中，他才能在你的头上游刃有余，要动飞刀。

那年，大太太过世，侄男子弟、孝子孝孙跪了一院。按老庄的习俗，凡孝子男须全剃光头，女须剃些毛发方可承孝，说头发是父母所给，要还的；又说用孝子们的头发擀成毡，供逝者享用。所以这次剃过后，待百日期满，方可再剃。

其时，院中放着三四个水盆，孝子们凡泡过头，头发湿软的都等着五爷剃。五爷尽管手快，但动手迟了，眼看启丧的时辰快到，有的人也动起了刀子相互剃。也有毒人不泡发，直接干剃的，但干发一刀子拉下，嘴呲得跟吃了半夏一样，眼睛直冒泪花，那肯定是疼的。

黑娃平日留的是“戳天发”，只有头顶上的发留着，被他婆用一根红头绳扎着，头发散开，像朵小伞撑天。就在别人忙乎的时候，他大把黑娃一把拽住，夹在双腿当中要剃发。黑娃不知厉害，谁知只听“刺啦”一声，黑娃疼得没命地号哭，其他娃娃也吓得逃出院门。黑娃挣脱开来，与娃娃们一溜烟跑上大崖，爬上老堡墙，捂着头，看着送丧的热闹。

有一年，老庄的建新不知从哪弄来了一把叫推子的玩意，形状像手推车，头上有一颗螺丝帽，下边是相合的两副细齿，两只手把弯曲着，中间镶着弹簧，周身银白，明光滑亮。这玩意头发长能剪短，短头发能剪光，最重要的是不用泡湿头发，推起来一点儿也不疼。

老庄有了这东西，一些半老不小的憎三实在可恶，竟然推出干部们的大背头，装腔作势，把自己当墙上挂的伟人哩。五爷见着最反感，哼，猪嘴长大牙，当你是大象呀！

建新的手艺并不咋样，经常给人弄个脑袋四周短，顶上头发长的样式，人们称为帽帽鸡。要么，一周圈剃光，顶上剃短，看着像一泡牛粪屉屉在上面，大伙叫牛粪屉屉。更多的是三七分、二八分、对半分的汉奸头。

自有了这洋货，五爷施展绝技的空间也顿然萎缩，直到仅在自己头上要刀子的困境。不过，总还是有几个顽固分子坚定不移地为传承五爷的技艺贡献着老头。

世事在不停地变。很快，建新的蹩脚手艺不知不觉也失灵了。

老庄自认为上城进镇专程剃发这等奢事，成为家常便饭。尤其是年轻人和女人，三天两头进理发店，上染头房。少年要风流，一月剃着三次头，已成为寻常事。老庄女人们最为经典的丫字辫、剪发头、长辫子，以及老太太的鬏鬏，被一阵风吹得千姿百态。今天红毛，明天绿发，后天黄黑交错，弄得分不清男女，辨不来头型，认不出国度。

五彩缤纷，样式繁多的脑袋，跟人心一样繁杂而浮躁，这势头像潮水一样，把老庄的五爷，以及建新，推向了遥远的记忆。

大老爷

大老爷不是戏台上头顶纱帽，身坐大堂，胡乱拍着惊堂木滴血认亲的晋大老爷。但是，老庄百千号庄民的大小事，总要寻他理清。

老庄把一庄当家的人叫大老爷。大老爷是老庄最大的官。

老庄第一位大老爷是穷人的儿。新中国成立那年就跟了上面来的大干部跑前跑后，在老庄做马前卒。新中国成立，对于老庄只是随大流，没放一枪一炮，就改朝换代了。

闹土改时，大老爷入了伙，也算是老资历。此后，他在老庄有时当书记，有时当社长，有时当主任，不管当啥，都是他说了算，也总是他最大，庄里人总习惯叫他大老爷。

老庄要干的大事，全是从大老爷的嘴里传出。当大伙拼命在自家地里下苦刨粮吃的时候，大老爷说要互助哩、要合作哩。上面逼得紧，大老爷把大伙从地里叫到屋院议事，这是老庄开会的由来。

议事就是议事，还叫个怪名：开会。老庄人听不惯。议了几次，老庄人看出了议事和开会的门道：从前的议事是大家都说话，眼下的开会是听上面讲话。

于是，大老爷就替上面给大伙说话当差。大老爷先串通十几户，成立了互助组；再动员了几十户，建立了初级社；又斗争着进入了高级社。总之，还是农业社。这一路过来，大老爷先当组长，再当社长，再当书记，连升了三级，最终统一了老庄。

大老爷在老庄打天下，靠的是一只铁皮喊话筒。喊话筒一头小嘴嘴，一头大口口，还有一个抓手把。每有公务，大老爷便抓起话筒，小嘴对小嘴，大口便传出大老爷瓮声瓮气、呜里哇啦的声音。这声音洪大，从上庄喊到下庄，像崖娃娃。铁皮筒在巷道喊话，听清听不清，反正说的是公家的事。

老庄私心大的麻缠人，不想开会的、不愿下地干活的、抗缴钱粮的，大老爷的铁皮筒响起了，愣在你的耳根喊半晌，直喊得烦死你。

大老爷不愧是老庄的大老爷，在老庄办事公平，又有一些有声望、能说话的三老护着，多年来，没有功劳有苦劳，没有苦劳有辛劳。

老庄婆媳吵嘴、两家不和、分户分家、娃娃打架这些琐碎事，告到大老爷跟前，他总能给你断个道道。你想，大老爷一年冬夏光着头，胡子噘得老长，嘴磨得像干羊皮，连门牙都落了，还成天执着铁皮筒，为公家说事，替大家干活，谁还好意思不听他的。

有一年，大老爷的铁皮筒被人夺了，他也被人用绳索五花大绑，衣领间插了白旗，铁皮喇叭筒一样的高帽子戴在了他的头上。铁皮筒被摔瘪后，另有人撑鼓起来，直对着大老爷的耳根哇里哇啦地吼叫。于是，公家的事，再也轮不上他管。

乱哄哄几年，老庄该生的生，该死的死，红白事依然行着。人们依然管他叫大老爷。

可公家的事，总得有人管。于是，老庄的又一位大老爷应运而生，出幕登场了。这位大老爷，官名唤作满仓。

满仓斗大的字不识半个，可人灵醒得很。满仓上台，也是多事之秋，上面一年一个运动，老庄三天两头开会。老庄是个大摊子，大老爷满仓索性叫人在庄心窝盖了几间房，正儿八经坐在自家的公堂，发号施令，治理老庄。

满仓治老庄，觉着喇叭重要，是个高喉咙大嗓门的好玩意儿，便在大队院的老核桃树杈上架了两只大喇叭，一只口朝东，一只口朝西。大老爷要发话，必是先放起秦腔样板戏唱片唱几句，然后嘴对着包了红布的麦克风“噗噗”吹两口、“梆梆”敲两下，便开始没完没了地讲，日妻捣娘地骂。他可不像前任大老爷一样，提着破铁皮筒，屁颠屁颠满庄串，满巷喊。

满仓治老庄，对前任大老爷还是抬举的，有些事要摆平，还离不开前人。东庄的当家人，被封为主任，有时叫大队长，而在满仓眼里就是个相爷，被他拨弄得滴溜溜转。他还有仨小吏：一个是文官寿生，掌文书字纸；一个是武将建仁，掌刀枪棍棒；再一个是火苗，五类分子一个，专司送信催人。后来，上面又给老庄配了部黑色的手摇电话机，火苗传的话多半是这洋货给满仓传捎来的。

在老庄，千八百人的吃喝拉撒由满仓大老爷料理着，他像一匹跛马驾着一个大破车，在颠簸的路上行进。大老爷喇叭上一个喷嚏，老庄便会感冒发烧。

大老爷满仓做事利索干散，从不拖泥带水。但凡大事小事安顿妥帖，一定要让寿生记录在案。他虽没喝一口墨水，可晓得黑字落在白纸上的分量。

大老爷满仓的脑瓜好使，记性特强。上庄、下庄、东庄、西庄、台子、湾背六个生产队各有多少户多少人男多少女多少全劳多少半劳多少麦子多少谷子多少糜子多少……寿生执着本本说一遍，他全能记住，给上面报告，一分不差，一字不漏。

大老爷满仓的私章比公章厉害。台子的胖儿与粉粉闹离婚，闹了半年没结果。闹到县上和公社，说要大老爷张嘴喘话。大老爷看硬屈也不是个事，便让寿生顺手在纸烟盒皮上写了“胖儿跟粉粉离婚给办了”十个字。他数够了十个字后，从裤腰里摸出他的名章，在嘴里哈了几哈，盖在纸烟盒皮上。粉粉和胖儿捧着像圣旨一样的纸烟盒去了公社。果然灵验，一下就离了。

上庄的虫儿偷了队里的粮食，被队长查出来后，死不认账。队长给大老爷报告，大老爷的烟锅在鞋底上磕了三下，建仁登时带了三个民兵小分队员，不大会儿的工夫，平了虫儿的背锅。虫儿哭丧着脸，当着大老爷的面给队长求饶。大老爷丢下一句：“再不老实，一绳捆了，专政起来！”一言既出，吓得虫儿尿了一裤子。

供销社要个卖货的营业员，他让出脱得水灵水气的艳霞去，理由是不能把老庄的白娃娃让日头晒黑了。武装部验兵，他点的都是有几个儿的家，成分不好的不让去，独苗不让去，挨不住八棒槌的不让去。煤矿要招工，他顶拣调皮捣蛋的年轻娃，目的只有一个，去锻炼锻炼。学校要几个民办老师，他首选爱念书的，生怕把老庄的娃娃耽搁了。上面要招学生，他叫没娘娃去，说是至少不会饿着。

谁说大老爷满仓的堂口不硬梆，工农商学兵，哪行都要经过他的口。就连生娃这大事，全在大老爷满仓的嘴里，他口一张就能生下，他不张口谁敢生出来？

有些日子，大老爷满仓弯着腰，驼着背在大槐树底下，在沟河里转悠。肥大的棉袄和厚实的棉裤使本来胖大的他显得更加臃肿。火车头棉帽底下，一张厚大而多纹的面庞，显出痛苦的神情。浓眉毛下的水泡眼紧眯着，两片厚唇死死咬着旱烟锅，时紧时慢的烟丝不时从歪着的脖间飘向脑后。

在老婆的屋里是这相，在大队的会议室也是这相。他到公社开会，到外地参观，人家干得热火朝天，满仓眼馋，心里寻思总不能把老庄人带上，年年在前任大老爷领着修平的梯田地里胡日鬼弄棒槌，猫苦热屎糊弄人呀！

那天，大老爷满仓领着他的一班同僚从老庄畔的沟底走到沟顶，又从沟顶转悠下来，直走到小秦河边。他要听听大伙对老庄前途和方向的看法。其实，大老爷心里想的啥，几个人都清楚。

开会！寿生连忙开了扩音机先放秦腔后喊人。火苗脚不沾地，满庄催人。大队院里陆续来了老庄的户主。一番吵嚷，大老爷满仓的烟锅在鞋底上磕了三下，给老庄做了个伟大的决定：打坝！这主意报到公社，真是振奋人心。

于是，一个历时三年，全老庄参与的浩大工程，在大老爷满仓的大脑袋里形成，最终变成了老庄的共同行动纲领。三年来，无论春夏秋冬，老庄的男女劳力，包括学生娃每天像蚂蚁一样，挖山夯土，砌坡做渠，终于做成了一个大坝。

那些年，坝里蓄的水引到老庄边的川地里，发挥了水利命脉的作用。老庄也因此而引起上面的高度重视，大老爷满仓的公事也红得发紫。

大老爷满仓从来没有想到前任大老爷口干舌燥，辛辛苦苦撑起来的摊子，在他的操劳经营下正大步迈进的时候，几乎一夜之间垮在他的手里。

经过县上和公社领导没完没了地在老庄开会，老庄顽固派尽管极不情愿分田单干，但又有谁能挡住这股洪流？大老爷满仓每天不愿面对而又必须面对的是亲眼瞅着分老庄的家底，分地、牲口、农具、柴草、队办企业，等等的一切家当。

他最可气的是东庄的当家人，简直就是一个奸相，连山上那片松树林也不肯放过，立马带人三天三夜剃了光头，平茬了林子。当家人真不识深浅，他不晓得政策的厉害。当他领了老庄人把一根根做檩子太小、做椽子又太大的松木堆起来，准备分到户的当夜，大喇叭响起了上面关于坚决禁止乱砍滥伐林木的新闻报道。

大老爷满仓头皮发麻，这下可招上了。别看他是老庄的大老爷，可外面的事，上面的风，他是能够把个八九成的，等着瞧吧！

果然，上面来人了，说砍伐林木是违法行为，要严肃查处。检察院立了案，在老庄展开全面深入地调查。包括大老爷满仓在内，一干大队、生产队干部被扣在大队部隔离审讯，看样子要抓人蹲大狱。

老庄傻眼了。已经老骨头一把的前任大老爷串通一些能说事的三老们，整天整夜跪在大队院子里，给查办案件的官员们求情下话，千万不能抓人，千万不能让人坐牢！老庄的女人们更是吓得哭作一团。

查来查去，似乎说这个错误是重大的，但毕竟是集体行为，又好在是国家禁止乱砍滥伐条例公布的当夜，这一大错特错的事已经干完，因而，免于法律责任。

也正是由于这件事，大老爷满仓连同他的一班同僚们被开除党籍，免去职务，结束了在老庄长达近二十年的执政历程。东庄的当家人，自然也是首当其冲。

某一天，当老庄的大老爷满仓卸任站在坝上，举目远望着昔日曾经令他和老庄风光一时，红极一时的坝面，而今却是一摊的淤泥，满沟的蒹草，心里顿时生出一种凄惶。再看着一头正在啃草的老牛，大老爷满仓的项间不禁冒出一股凉气。

夕阳西下，天色渐暗，落日的余晖把大老爷满仓和那头老牛湮没在夜色里。

尽管如此，老庄总得有个拿事的主。终于，又一位大老爷被请了来出。

这是一位曾经在乡上管过像满仓一样村官的大人物，叫治平。那年，他因为不忍心看有粮不给吃、活活饿死老百姓的残忍景象，而挂印弃官，连夜逃回了老庄。

平反冤假错案，县里乡里的老干部们几乎毫不例外地都有重大收获，有的升了官，有的复了职，有的老子不干儿子接上干。治平是个怪人，自己死活不干，也不肯让儿子干。总是一句话，我没本事，儿子更没本事，干不了。儿子们说，人家识两个字，给个国务院长都敢干，治平捂着儿的嘴不让胡说。

实话说，老庄这事，治平一开始坚决不干，可上头都是他以往的老熟人。你爱干不爱干，他们有事没事总到治平家里来。拖了大半年，治平只能极不情愿地接受了这摊子公事，这就成了老庄的第三任大老爷。

治平大老爷的公事干得轻松。到他的任上，已经家家安装了小广播，国家的大事，公家的政策，爱听广播的人比他还懂。因而，他不开多会，也不在大喇叭上高喉咙大嗓门讲话。庄头路尾、天阴下雨，碰上啥事说啥事，谁有啥事说啥事。就是催粮要款、刮宫引产这号难事，治平大老爷也应对自如，像一把泥篦摸得很平整。

大老爷治平经常鼓动老庄人养牛羊、种半夏、栽果树、种庄农、搞运输。一句话，啥能挣钱，就干啥；啥能生长，就种啥。只要老庄人人都能有衣穿，有饭吃，有钱花，干啥都能行。可有一条，犯法的事不能干。

治平大老爷的口号是脱贫致富奔小康。几年下来，老庄人粮食多了，出了几个万斤户；钱也多了，冒出几个万元户。尽管没奔上小康，但他老人家还是有些功劳，最大的功劳是把荒山秃岭承包出去，弥补了当家人治理老庄的过失。在治平丢下大老爷不干的时候，南山的树苗已是郁郁葱葱的一片林子。

老庄，相继在这三位大老爷的治理下，风风雨雨历经了三四十多年。

这是老庄三十年河东。后三十年的河西，以及再来的河东，老庄将会有哪位大老爷横空出世？而他们将会以怎样的姿态，继续着老庄未来的故事呢？

老　人

我去老庄，老庄的山依然慈祥而安泰地环抱着老庄。摘一枝山花，捧一抔黄土，是那样地沁人心肺。

我去老庄，老庄的河依然舒畅而平静地环绕着老庄。掬一捧清水，抓一把青泥，是那样地浸人骨髓。

我去老庄，老庄的树依然枝繁而叶茂地荫护着老庄。绕一圈树干，抚一股老根，是那样地地令人心驰。

谁家墙头，伸出一枝红杏，开得那般眼熟，花在湛蓝的天空，随着白云摇曳？

谁家门口，笼着一束春梅，开得那样亲热，瓣在半开的柴门，随着轻风舞步？

谁家的大红公鸡，立在一堆厚实的柴禾上引颈歌唱？

谁家的小黑猫眯，扑在一架繁盛的葡萄上嬉闹玩耍？

看着亲切的老庄，吮吸亲切的山风，我的心在急促地震颤。一群在场院围着碌碡玩耍的孩童，他们看我诧异，不认得我，但我分明看到了我的幼年老庄。我也不认得他们。我问你大是谁？可他们连“大”是什么都听不明白。其实，他们的父辈我也不认识，但我的直觉能从每个孩童的脸庞上扫描出是哪家的根苗，谁人的后代。

我在巷道转悠，已很少听到骡马的叫声和牛羊的铃铛声。我也没有看到担水，或挑土，以及在路上拾柴拾粪的庄农人。我心仪的老庄，一半多人已搬到新的地方，一半多的房院已破烂不堪，一片衰败的景象。但往日的模样还是清晰可辨的。

我在巷道口看见一位上步履蹒跚、腰蜷背驼的老汉，一张口乡音太感人。从堆满沧桑岁月的脸上，好一阵才认出老人是谁。但在我的脑海中，他还不应该是这个样子，我知道他可是个精明一世的庄稼汉。好在他的老伴仍然健在，儿女们出嫁的出嫁，成家的成家，打工的打工，身边有孙儿和孙女们相陪。时至暮年，依旧是往日的生活，养几只鸡，喂一头猪，猫在炕头取暖，狗在院中游荡，烧炕做饭的炊烟味，吆鸡喊狗的乡音味儿，让我真回到了我的老庄。

我在路旁边看到一位头发花白，衣着过时的老太。她拄着拐杖，背了一背篼烧炕的柴草，正靠在一块大石头上歇缓。两眼相看，目视良久，她认出了我，我也认出了她。记想中的她不是悍妇，但绝不是善女，一天从早到晚总是风风火火，干着累活，骂着街道。如今，她是苍老了，老得像棵树根，一张掉了门牙的利嘴，当年的音高还在，只是慢了节奏，少了底气。她的老伴，大略早她十多年而逝，撇下了她。儿们也都各开门户另搭锅，奔着自己的光阴。眼前的老人，使我亲近了我的老庄。

我在草垛边看到一位面容呆滞、抱头沉思的老者。那时，他偎缩在草垛晒暖，像一个老碌碡。看到我时，他的身子僵硬地拾了几拾，才猫起腰，探起身，靠在草垛上。他和我对话，目光浑浊，神情沮窘。我与他年纪相当，我以为他不应该是这个样子，但我们都是老人了。我只能从眼前的他，这位老人，回想当年的我和他，回到当年的老庄。

但许多的老人都已被深埋黄土。从上庄到下庄，屈指算来，这些年老老少少，男男女女也死去了一层。诚然，总是老人居多，他们带去了我的记忆，甚至把大半个鲜活灵动的老庄带走了。我到几个为数不多的老人跟前，没有听到当年那爽朗的笑声，只看到了一座座被岁月琢蚀的雕像。

老庄很空旷。我在欣喜之后，寂寞地顺着山风被吹着上了树梢，飘到了草垛上，架在了屋脊上。我无法抑止，跌到柏树丛，挂在柳树上，忽而又掉在高原边，柏树丛、柳树旁、高原上是一个一个像馒头一样的土堆。我知道，这是老人们在那个世界的院落。那是被蒿草封了顶的地方，满院落的荒草。但我不知道，老人们是否像当年一样地忙碌，是否再为生活煎熬？

物是人非，山月依旧，斗转星移，世事在变。吸一口老庄的风，我猛然清醒，眼前的老庄已不是我的老庄，我的老庄已经与即将故去和早已作古的老人一样，只能越走越遥远。